Nous remercions le ministère du Patrimoine canadien,
la SODEC et le Conseil des Arts du Canada
de l'aide accordée à notre programme de publication

  Patrimoine Canadian
canadien Heritage

 Conseil des Arts Canada Council
du Canada for the Arts

ainsi que le gouvernement du Québec
– Programme de crédit d'impôt
pour l'édition de livres
– Gestion SODEC.

Nous reconnaissons l'aide financière
du gouvernement du Canada
par l'entremise du Programme d'aide au développement
de l'industrie de l'édition (PADIÉ) pour ce projet.

Illustration de la couverture
et illustrations intérieures :
Claude Thivierge

Couverture :
Conception Grafikar

Édition électronique :
Infographie DN

Dépôt légal : 1er trimestre 2007
Bibliothèque nationale du Canada
Bibliothèque nationale du Québec

1234567890 IML 0987

Pas de retraite
pour Twister

• Série Twister •

COLLECTION
PAPILLON

DE LA MÊME AUTEURE

Collection Sésame
La télévision ? Pas question !, roman, 2006.

Collection Papillon
Ma rencontre avec Twister, roman, 2003.
Twister, mon chien détecteur, roman, 2005.
Tiens bon, Twister !, roman, 2006.
Les soucis de Zachary, roman, 2007.

Collection Conquêtes
L'appel du faucon, roman, 2005.

**Catalogage avant publication
de Bibliothèque et Archives Canada**

Thibault, Sylviane

      Pas de retraite pour Twister

      (Collection Papillon ; 132)
      Pour les jeunes de 9 ans et plus.

      ISBN 978-2-89633-011-9

      I. Thivierge, Claude II. Collection : Thibault,
      Sylviane. Série Twister ; 4. III. Collection : Collection
      Papillon (Éditions Pierre Tisseyre) ; 132.

PS8589.H435P73 2007   jC843'.6   C2007-940023-X
PS9589.H435P73 2007

Pas de retraite pour Twister

roman

Sylviane Thibault

**ÉDITIONS
PIERRE TISSEYRE**

5757, rue Cypihot, Saint-Laurent (Québec) H4S 1R3
Téléphone : 514 334-2690 – Télécopieur : 514 334-8395
Courriel : ed.tisseyre@erpi.com

Des bâtons
dans les roues...
de la tondeuse !

Ma meilleure copine Catherine et moi sommes bien installées à la table de la salle à manger dans la maison de Vincent, mon... euh... petit ami. D'accord, en réalité, je devrais dire mon ami, tout simplement, parce qu'il est vrai que je suis encore un peu jeune pour avoir un petit copain régulier. C'est d'ailleurs ce que Vincent et moi avons décidé... pour le moment. Nous préférons nous amuser ensemble avec Catherine, sans arrière-pensée. Après tout, comme diraient ma mère et mon père, je n'ai que douze ans. J'ai amplement le temps de songer à mes amours !

Pourtant, de mon côté, je dirais plutôt que j'ai *enfin* douze ans, et qu'il était à peu près temps que mes amours aboutissent à un premier baiser, plutôt qu'à des rêves impossibles... Même si ce premier baiser a aussi été le dernier, et que je ne suis pas vraiment pressée d'en recevoir d'autres[1]. Mais pour mes parents, je suis encore leur petite Joséphine – leur fillette qu'ils perçoivent comme un bébé à peine sorti du berceau –, tandis que pour ma part, je me vois comme une adolescente qui ira au secondaire dès l'automne.

Toutefois, il me reste presque un été en entier à patienter avant d'entrer à la polyvalente. Un long mois et demi, au cours duquel Catherine, Vincent et moi

---

[1] Voir *Tiens bon, Twister !*, de la même auteure, dans la même collection.

aurions pu nous tourner les pouces et nous ronger les sangs, si nous n'avions pas eu notre idée géniale. En fait, c'est plutôt Catherine qui aurait pu se les ronger, car elle est très nerveuse à la perspective de changer d'école. Moi, j'ai hâte d'apprendre de nouvelles choses, de rencontrer de nouveaux amis, d'avoir plus d'un enseignant par jour et de changer de matière toutes les heures et quart. Et surtout, de me rapprocher lentement de la réalisation de mon rêve : devenir maître-chien.

Comme on ne peut pas tout avoir en même temps, il faut que je trouve des activités à faire en attendant. Oh ! bien entendu, il y a toujours les après-midi passés à se prélasser dans la piscine, les longues randonnées à bicyclette et les jeux de société les jours de pluie, mais ce n'est pas suffisant. Catherine, Vincent et moi voulions trouver un moyen de gagner un peu d'argent de poche pour aller voir de bons films au cinéma, manger du maïs soufflé – car le cinéma sans maïs soufflé, c'est comme un maître-chien sans chien ! –, louer des jeux vidéo et nous offrir d'énormes cornets de crème glacée au chocolat. Le tout, sans avoir à mendier sans arrêt auprès de nos parents. D'où notre idée géniale, qui consiste à proposer aux gens du quartier de tondre leur pelouse et de prendre soin de leurs plates-bandes, à un prix fort raisonnable.

— Voilà, les filles ! J'ai la liste de nos clients, leur numéro de téléphone, et ce qu'ils veulent que nous fassions sur leur terrain, nous annonce Vincent en venant s'asseoir avec nous à la table.

Il y dépose un plateau de verres de limonade fraîche, sur lequel trône une feuille de papier.

— Wow ! Ta limonade est délicieuse, Vincent ! s'exclame ma meilleure amie après en avoir bu une gorgée. Nous aurions pu la vendre sur le coin de la rue, plutôt que de transpirer à tondre les pelouses ! remarque-t-elle.

Comme si elle réfléchissait intensément, Catherine entortille une longue mèche de cheveux blonds autour de son petit doigt. À sa suggestion, Vincent éclate de rire, plissant ses yeux bruns aux accents vert forêt. Je ressens quelques palpitations en observant sa jolie petite fossette au menton, qui s'agite au rythme de ses ricanements. Et que dire de ses beaux cheveux courts blonds... *Rappelle-toi, Joséphine, Vincent est juste un bon ami, simplement un ami!*

— J'ai l'impression que nous avons passé l'âge de vendre de la limonade, tu ne crois pas, Catherine? lui dis-je gentiment, ne pouvant m'empêcher de pouffer en nous imaginant tous les trois assis sous un parasol sur le bord du trottoir.

— Tu as raison, Joséphine, reconnaît de bon cœur mon amie. Je suppose que je rêvais au bon vieux temps où j'étais encore très jeune.

— Arrête, Catherine! Ce n'est pas parce que nous irons bientôt au secondaire que tu es une vieille croûte! ai-je répliqué pour la rassurer. Tu verras, tu adoreras la polyvalente, j'en suis certaine.

— C'est vrai, approuve Vincent. Tu te rends compte? Nous serons enfin invités à des danses à l'école et à toutes sortes de fêtes. Mais pour en revenir à ton idée de vente de limonade, elle n'est pas si mauvaise, poursuit-il. Nous devrions la suggérer à mon petit frère.

En entendant ça, Thomas cesse de flatter Twister, mon beau labrador noir, et nous regarde d'un air quelque peu offusqué.

— J'ai déjà six ans, vous savez. Moi aussi, je suis bien trop vieux pour vendre de la limonade. Vous auriez dû m'engager pour tondre des pelouses, à la place, affirme-t-il, les sourcils froncés sur ses yeux verts.

— Je te l'ai dit, Thomas, tu es encore trop jeune pour travailler avec nous, insiste Vincent. Mais si tu en as vraiment envie, tu pourras venir avec moi quelquefois pour arroser les plates-bandes. Au moins, avec un arrosoir, tu ne risques pas de t'estropier.

— Qu'est-ce que ça veut dire, « t'estropier » ? demande Thomas, curieux.

— S'estropier, corrige Catherine, ça veut dire... euh... ça veut dire...

— Ça veut dire que tu pourrais te blesser avec une tondeuse à gazon, dis-je, ne voulant pas faire surgir de terrifiantes images de membres coupés dans l'esprit de Thomas.

Ma réponse l'ayant satisfait, le petit frère de Vincent reporte son attention sur Twister, qui est couché à ses pieds depuis notre arrivée. Mon chien adore les caresses de Thomas. Fidèle à son

habitude, mon labrador s'est installé les quatre pattes en l'air, et se laisse flatter le ventre et les flancs avec un plaisir évident. Je suis heureuse qu'on voie à peine les cicatrices laissées par la blessure que lui a infligée l'horrible Daniel, cet immonde personnage qui menaçait de mort la famille de Vincent[2].

Grâce au ciel, mon chien est entraîné pour faire face à toute éventualité. Après tout, c'est un chien détecteur et, bien qu'il soit à la retraite, il est encore très doué et très courageux. Il l'a démontré à plus d'une occasion. D'abord lorsqu'il m'a sauvée des griffes d'un agresseur qui avait caché des stupéfiants dans mon sac à dos alors que j'étais à l'aéroport[3]. Et ensuite, lorsqu'il est venu en aide à Anthony, le frère aîné de Catherine, qui avait été passeur de drogue contre son gré à cause d'une bande de jeunes délinquants[4]. C'est grâce à son immense talent et à sa

_____

[2] Voir *Tiens bon, Twister !*, de la même auteure, dans la même collection.

[3] Voir *Ma rencontre avec Twister*, de la même auteure, dans la même collection.

[4] Voir *Twister, mon chien détecteur*, de la même auteure, dans la même collection.

combativité que Twister est encore avec moi aujourd'hui et qu'il a retrouvé toute sa vitalité après sa blessure. Un vrai champion, comme dirait mon ami Jean-Guy Desrosiers, le maître-chien avec qui Twister travaillait avant notre rencontre.

— De toute manière, Thomas, moi aussi j'ai besoin de toi, cet été, remarque Chantal, la mère de Vincent, qui vient d'entrer dans la cuisine. N'oublie pas que nous devons construire ta cabane dans l'arbre, au fond du jardin. Tu as promis de m'aider, lui rappelle-t-elle en lui faisant un grand sourire et en nous adressant un clin d'œil discret.

La ruse de Chantal fonctionne : en entendant parler de sa fameuse cabane, Thomas abandonne l'idée de faire partie de notre équipe de paysagistes. Tout enthousiaste, il se lève d'un bond et court chercher des crayons et une grande feuille de papier, sur laquelle il entreprend de dessiner les plans de sa nouvelle construction.

Déçu d'avoir perdu son compagnon de façon si abrupte, Twister se lève et vient se frotter contre mes jambes. Je lui flatte machinalement les oreilles tandis que Catherine, Vincent et moi établissons notre horaire de travail.

— Avez-vous proposé vos services à notre voisin, monsieur Gérard ? demande Chantal.

— Monsieur Gérard ? Voyons, maman, tu n'y penses pas ! s'objecte Vincent. Tu voudrais nous voir au service de cette fouine ?

— Vincent Théberge ! Sois poli ! Je sais que monsieur Gérard n'est pas très commode, mais c'est un vieil homme à qui tu dois le respect. Justement, nous ne le voyons plus aussi souvent qu'avant sur son terrain. Lui qui prenait si grand soin de sa pelouse, de ses arbres et de ses fleurs, et qui ne supportait pas la moindre mauvaise herbe dans ses plates-bandes… Voilà maintenant qu'elles sont envahies de hautes tiges disgracieuses ! Je parie qu'il apprécierait l'aide de voisins serviables. Qui sait ? À son âge, il est peut-être fatigué de s'agenouiller dans la terre, et…

Mes amis et moi échangeons un regard à la dérobée, pendant que Chantal continue de discourir sur les vertus du bon voisinage. Nous n'osons pas trop désobéir à la maman de Vincent, mais aucun de nous n'a envie d'aller voir cet homme. Aux dires de Vincent, monsieur Gérard n'arrête pas de se plaindre de tout et de rien : la musique trop forte, les arbres trop près de sa clôture, les feuilles mortes soufflées par le vent, et je ne sais quoi encore.

— Maman, je t'en prie ! supplie Vincent. Ne nous demande pas ça. As-tu déjà oublié toutes les fois où monsieur Gérard a apostrophé papa parce qu'il faisait fonctionner la tondeuse trop tôt à son goût la fin de semaine, même s'il était déjà onze heures ?

— Bien sûr que je n'ai pas oublié, répond Chantal. Mais tu vois, je suis prête à passer par-dessus tout cela. Peut-être que c'est ce que monsieur Gérard attend pour être plus agréable : un coup de main et un peu de répit. Alors, qu'en dites-vous, les enfants ? Ce serait une bonne façon de faire la paix, non ?

— Maman, je te ferai remarquer que monsieur Gérard a l'air suspect. Il pourrait être un criminel, un disciple de Satan, ou même un collectionneur de poupées vaudou ! Et tu voudrais que nous fassions affaire avec lui ?

Catherine et moi observons Vincent argumenter avec sa mère. Mon amie recommence à jouer avec ses cheveux, et ses taches de rousseur disparaissent sous le rouge qui colore ses joues. Je sais qu'elle n'apprécie pas la tournure de la conversation. J'avoue que de mon côté, je n'aime pas ça non plus. Vincent commence à me faire peur, avec ses histoires. Et s'il avait raison? Et si monsieur Gérard était réellement un être mauvais? Cependant, Chantal ne semble pas de cet avis. Au contraire, elle insiste.

— Et pourquoi pas un sorcier des temps modernes? se moque-t-elle. Tiens, en ce moment précis, il doit être en train de préparer une concoction destinée à vous transformer en crapauds galeux, chuchote-t-elle en imitant les ricanements d'une vilaine sorcière de conte pour enfants.

— Maman, comment peux-tu faire de telles blagues alors qu'un maniaque habite peut-être la maison d'à côté?

— Eh bien, si jamais monsieur Gérard vous offre une boisson, assurez-vous qu'il en prenne une gorgée avant d'en boire à votre tour, termine-t-elle en étouffant un fou rire.

Amusée, elle nous pousse vers la sortie. J'attrape la laisse de Twister et je la lui passe autour du cou. Je ne peux m'empêcher d'être inquiète. Dans quoi vais-je m'embarquer, encore ? Et dire que je voulais un été tranquille, à travailler un peu et à manger de la crème glacée ! *Un instant, Joséphine ! Ne laisse pas ton imagination s'emballer. Qui te dit que Chantal n'a pas raison et que monsieur Gérard n'est pas tout simplement une pauvre personne âgée qui a besoin d'aide ?* Qui me le dit ? Mon expérience, voilà tout ! À force de vivre des aventures, ou plutôt, des mésaventures, je deviens méfiante. Rien n'est jamais vraiment simple dans ma vie ! *Oh, Joséphine ! Arrête ! Tu dramatises !*

Alors que j'argumente avec moi-même, comme il m'arrive très souvent de le faire, je suis Catherine et Vincent à l'extérieur. Tous deux marchent en direction de la maison de monsieur Gérard, la tête basse et les épaules affaissées. Même Twister a les oreilles pendantes et la queue entre les pattes !

Et ça, aucun doute : ça n'augure rien de bon !

2

Étrange volte-face

La maison de monsieur Gérard est toute rose et aussi coquette que celle de Vincent. Vue de l'extérieur, elle a l'air chaleureuse et accueillante. Entre ses murs, on imagine facilement une petite famille : la maman, le papa et deux mignons bambins jouant avec un joli épagneul roux nommé Brindille. Mais l'illusion est vite brisée quand Vincent sonne à la porte. Celle-ci s'ouvre brusquement, comme si le propriétaire nous avait épiés par la fenêtre et nous avait vus arriver. Ce qui est probablement le cas...

— Que voulez-vous ? nous demande monsieur Gérard d'une voix grave et éraillée.

À l'entendre parler ainsi et à le voir habillé d'une épaisse veste de laine fermant à peine sur son estomac un peu trop corpulent, j'ai presque pitié de lui. Le vieillard a l'air frigorifié. Comment peut-on avoir si froid dans les pires chaleurs de l'été ? En l'apercevant affublé de la sorte, Vincent recule de quelques pas, nous forçant, Catherine et moi, à descendre une marche du perron. Je mets une main dans le dos de mon ami pour l'empêcher de reculer davantage. La dernière chose que je voudrais, c'est qu'il se casse une jambe, ou les deux. Je l'aime bien trop pour ça... euh... En fait, ce que je veux dire, c'est que nous avons besoin de lui pour tondre les pelouses et qu'il ne pourrait pas nous aider s'il se faisait mal, voilà tout !

Heureusement, en sentant la pression de mes doigts, Vincent se ressaisit.

— Bonjour, monsieur Gérard! Comment allez-vous, aujourd'hui? demande-t-il en s'efforçant de paraître enjoué devant la mine aussi pâle que renfrognée du vieil homme.

Monsieur Gérard le regarde d'un œil soupçonneux derrière ses verres épais, comme s'il venait de voir une apparition à laquelle il a peine à croire.

— Eh bien, je... je vais bien, merci, répond-il, décontenancé par la politesse de Vincent.

Mon copain se tourne vers nous quelques secondes, cherchant sans doute le courage d'offrir nos services à son voisin. Je lui fais un grand sourire, ce qui lui permet de continuer.

— Euh... Monsieur Gérard, je vous présente mes amies, Joséphine et Catherine.

— Enchantée, dis-je en m'avançant pour lui tendre la main.

Bien qu'un peu plus hésitante, Catherine fait la même chose. Monsieur Gérard les serre l'une après l'autre, d'une poigne froide et rugueuse. Il semble perplexe et nous observe à tour de rôle. On jurerait, à sa façon d'agir, que personne n'a osé sonner à sa porte depuis plus de vingt ans. Je me dis que cela ne doit pas être loin de la vérité quand je le vois se raidir et s'adresser à nous sur un ton hautain.

— Je vous avertis, les enfants : si vous êtes ici pour vendre du chocolat, du café, du savon à mains désinfectant qui nettoie sans eau ou je ne sais trop quelle autre idiotie pour financer une quelconque activité, je ne suis pas intéressé. Dans mon temps, les jeunes ne se fiaient qu'à eux-mêmes, étaient responsables et ne venaient pas déranger les honnêtes gens jusque dans leur maison.

Aïe ! Aïe ! Aïe ! Dire que durant une fraction de seconde, j'ai cru que le vieux monsieur Gérard n'était pas aussi grognon que ce que m'avait décrit Vincent ! Quelle erreur ! Je constate qu'il est encore pire que je l'imaginais. Je dois même me retenir pour ne pas lui dire de… d'aller se faire voir ailleurs, surtout lorsqu'il aperçoit Twister et qu'il se sert de lui pour continuer à nous réprimander.

— À moins que vous ne soyez ici pour obtenir un don au nom de la SPCA ?

Vous perdriez votre temps, parce que j'ai horreur des animaux, en particulier des chiens errants! peste-t-il en levant son nez en trompette à la vue de mon labrador.

Alors qu'il prononce ces méchantes paroles, Twister l'observe intensément, mais ne bronche pas. Il a meilleur caractère que moi, parce que pour ma part, j'ai du mal à contenir ma colère. Chien errant? *Mon* Twister, un chien errant? Non mais, quel culot! Mon chien est tout sauf errant! Pour commencer, il est en laisse! Mais j'imagine que les fonds de bouteille de monsieur Gérard ne sont pas encore assez épais pour qu'il puisse le voir. Et ensuite, Twister est un véritable héros, sûrement pas un vulgaire chien errant! Je me prépare à riposter d'une manière qui ferait rougir de honte ma mère et mon père, mais le coup de coude que Catherine me donne dans les côtes m'en empêche. Vincent en profite pour reprendre la parole.

— Je vous rassure, monsieur Gérard, nous ne voulons vous vendre aucun article de ce genre, ni vous solliciter pour une quête. D'ailleurs, il ne nous serait jamais venu à l'esprit de vous demander une telle chose, connaissant d'avance votre réponse, ironise-t-il sur un ton exagérément poli, frôlant l'arrogance. Non, il se trouve que nous venions vous suggérer de nous occuper de l'entretien de votre terrain. Nous sommes persuadés qu'un homme de votre envergure a bien mieux à faire que de s'agenouiller dans la terre. Mais je vois que nous avons eu tort de vous déranger. Nous allons donc repartir de ce pas. Et, bien évidemment, nous tenterons de trouver un bon foyer à ce pauvre chien errant! conclut-il en me faisant un clin d'œil et en nous entraînant, Catherine, Twister et moi, au bas des marches.

Monsieur Gérard demeure interdit quelques instants. Puis, à notre grand étonnement, il nous rappelle.

— Les enfants! Euh... j'ai peut-être été un peu... comment dire...

Injurieux? Déplaisant? Malveillant? Dur? Sans-cœur? Désagréable? Bien sûr, je me retiens de formuler à voix haute toutes ces insultes. D'autant plus que le vieux monsieur Gérard semble intéressé par la proposition de Vincent, même si elle a été faite d'une façon assez peu conventionnelle. Sinon, pourquoi

nous rappellerait-il? Je me souviens soudain de la blague de Chantal au sujet de la concoction qui devait nous changer en crapauds galeux. Peu importe ses moqueries, si le voisin nous invite à entrer pour boire quelque chose – ce qui me surprendrait énormément, remarquez bien –, je prends mes jambes à mon cou avec mon chien errant... euh... mon Twister!

— Écoutez, reprend monsieur Gérard, vous avez bien dit que vous pourriez vous occuper de mon terrain? s'assure-t-il en jetant un regard dédaigneux sur les mauvaises herbes qui règnent en maîtres sur ses plates-bandes.

— C'est bien ce que j'ai dit, confirme Vincent, tandis que nous remontons sur le perron.

— Dans ce cas, il y aurait peut-être un moyen de... Un instant! Combien me coûteraient vos travaux? J'imagine que vous n'avez pas beaucoup d'expérience. Ne vous attendez pas à ce que je vous paie un prix d'or.

Nous y voilà! Le vieux voisin voudrait que nous travaillions pour rien! Même si nos prix sont très acceptables, je suppose qu'ils ne conviendront pas à cette fouine de monsieur Gérard, qui, sans l'ombre d'un doute, doit également avoir un Séraphin qui sommeille en lui. Vincent et Catherine pensent comme moi, car ils font une grimace qui en dit long sur leur espoir d'obtenir ici du travail rentable.

Au moment où Vincent s'apprête à répondre, une sonnerie se fait entendre à l'intérieur de la maison.

— Attendez-moi, ordonne le vieil homme en se dirigeant d'un pas lourd vers le téléphone.

— Profitons-en pour décamper, chuchote Catherine en tournant les talons. Vous voyez bien que nous n'arriverons pas à nous entendre avec ce... si charmant monsieur, raille-t-elle.

— Tu as raison, approuve Vincent. Allons-nous-en ! Ma mère finira bien par comprendre !

— Attendez ! Pas tout de suite ! Écoutez, plutôt, dis-je, en me mettant en travers de leur chemin. On peut entendre ce que monsieur Gérard raconte au téléphone.

En effet, des bribes de conversation nous parviennent de la cuisine, la porte étant demeurée ouverte. Peut-être est-ce le ton qu'emploie le vieux voisin, mais je ne peux me résigner à partir, moi qui me serais enfuie sans demander mon reste il y a quelques minutes à peine. Même Twister, qui se tient toujours à mes côtés, a soudainement les oreilles dressées, comme si lui aussi pressentait que quelque chose cloche.

Le vieil homme parle maintenant d'une voix chevrotante qui a perdu ses intonations hautaines.

— Encore? Mais Arnaud, je ne comprends pas! Il y a des années que... Oui, je sais, les choses peuvent changer! Mais pourquoi... Je sais, ce n'est pas ta faute, mais je n'ai pas... Non, écoute, je ne pourrai pas continuer ainsi plus longtemps... Cela devient impossible... Oui, je sais, je n'ai pas le choix... Oui, d'accord... Viens chercher ce qu'il te faut... Oui, j'ai l'argent... Je t'attends... C'est ça, à plus tard!

J'entends monsieur Gérard raccrocher mollement le combiné du téléphone. Catherine, Vincent et moi voyons le vieil homme revenir d'un pas traînant. Il a tout à coup l'air plus âgé. Je crois bien qu'il ne doit pas avoir plus de soixante-quinze ans, mais là, il ressemble à un homme depuis longtemps devenu centenaire.

Si je me laissais transporter par mon imagination, je dirais que des extra-terrestres sont descendus sur terre pendant ce coup de téléphone, et qu'ils ont pris possession du corps de monsieur Gérard. Les poches sous ses yeux gris sont très visibles à travers ses verres, et ses traits sont tirés. Il n'a plus rien du vieux voisin détestable et soupçonneux qui nous a « accueillis » chez lui quelques instants auparavant. Il a tout simplement l'aspect d'un vieillard vulnérable.

— Où en étions-nous ? demande-t-il, plus pour lui-même que pour mes camarades et moi. Ah oui ! Donc, vous allez venir vous occuper de mon terrain pour moi. C'est entendu ! marmonne-t-il.

Nous nous jetons un coup d'œil incrédule. Et la question financière, dans tout ça ?

— Mais, monsieur Gérard, vous ne connaissez pas nos prix ! s'étonne justement Vincent.

— Peu importe, souffle le vieil homme, votre prix sera le mien. Pouvez-vous commencer dès aujourd'hui ? s'enquiert-il en passant une main distraite sur les mauvaises herbes qui atteignent le rebord des fenêtres du salon.

— Bien sûr, monsieur Gérard, répond Vincent, qui n'ose pas contredire son voisin. Laissez-nous aller chercher notre tondeuse et nos outils, et nous nous attaquerons à votre terrain. Vous verrez, vous ne le reconnaîtrez plus quand nous aurons terminé.

Sans ajouter quoi que ce soit, monsieur Gérard hoche la tête et ferme doucement la porte de sa maison.

Catherine, Vincent et moi descendons les marches du perron, ahuris. Je dois tirer sur la laisse de Twister pour qu'il me suive. Mon labrador semble perdu dans la contemplation de je ne sais trop quoi sur la porte d'entrée. Finalement, il vient nous rejoindre et nous marchons en silence jusque chez Vincent. Ni lui, ni Catherine, ni moi n'échangeons une parole. L'expression « bouche bée » est appropriée, dans ce cas-ci.

Ma bouche ne parle pas, mais mon esprit, lui, fonctionne à cent à l'heure. Je ne peux pas m'empêcher de me questionner. Pourquoi donc monsieur Gérard a-t-il à ce point changé d'attitude? Qu'est-ce qui devient impossible pour lui? De quel argent était-il question, et surtout, à qui pouvait-il bien parler au téléphone? *Ça ne te regarde pas, Joséphine, mêle-toi de tes affaires!*

Pour une fois, je décide de ne pas argumenter avec moi-même. J'ai le sentiment que c'est beaucoup mieux ainsi...

3

Moi, me mêler
de mes affaires ?

J'ai souvent entendu dire que la meilleure façon de faire faire quelque chose à quelqu'un, c'est de lui interdire de le faire. Par exemple, quand Thomas vient trop souvent nous déranger alors que nous regardons un film policier, il suffit que Vincent lui ordonne de ne pas aller dans sa chambre pour qu'il se sauve en courant pour voir ce qui s'y trouve. Il n'y a rien d'extraordinaire là-dedans, bien entendu, mais ça marche à tous les coups. Je croyais pourtant que cette tactique était efficace seulement quand on s'adressait à quelqu'un d'autre, pas à soi-même. Eh bien, je me trompais !

J'aurais dû savoir que je tentais le diable en me disant de me mêler de mes affaires ! Maintenant, tout ce que j'ai envie de faire, c'est de me mêler de celles du vieux monsieur Gérard. Je n'y peux rien, je suis curieuse. Seulement, je suis parfois trop curieuse pour mon propre bien. Mais le pire, c'est que je ne suis pas la seule. On jurerait que Catherine et Vincent m'ont entendue penser, parce qu'ils commencent à se montrer indiscrets, eux aussi.

— Tu sais, Joséphine, si nous étions dans un film policier, je te dirais que nous avons été témoins d'une conversation téléphonique bien mystérieuse, tu ne trouves pas ? me demande Catherine alors que nous sommes agenouillées dans une des plates-bandes de monsieur Gérard.

Oh non ! La voilà qui recommence ! Catherine, la future détective. Elle n'y peut rien, elle est comme ça. Elle pose toujours toutes sortes de questions parce qu'elle est passionnée par les enquêtes policières et qu'elle rêve d'en mener à son tour. Bon moi aussi, un rêve m'habite, et je vais tout faire pour devenir maître-chien. Je ne peux donc pas en vouloir à ma meilleure amie.

— Sauf que nous ne sommes pas dans un film policier. Nous devrions plutôt nous concentrer sur les plates-bandes, si nous ne voulons pas que le vieux grincheux vienne nous sermonner.

Tout en parlant, j'arrache un laiteron potager, une espèce de mauvaise herbe aux feuilles ovales et dentelées. Je sais, j'ai l'air savante comme ça, mais il a bien fallu que nous nous documentions un peu sur les mauvaises herbes. Nous ne voulions pas arracher par erreur une variété aussi rare que coûteuse d'une herbe fine servant à aromatiser des plats cuisinés ou, pire encore, de l'herbe à puce ! Notre argent si durement gagné n'aurait alors servi qu'à acheter de la lotion contre les démangeaisons. À mon grand soulagement, Catherine se met aussi à la tâche… durant quelques secondes.

C'est pourtant bien mal la connaître que de croire qu'elle abandonnera la partie si facilement! Aussi coriace que mon Twister quand il tient son jouet de caoutchouc dans sa gueule, ma copine revient à la charge.

— N'empêche, je me demande à qui il parlait au téléphone! Qui peut bien être cet Arnaud, d'après toi? Je doute fort que monsieur Gérard ait des amis. Il n'est pas du genre très sociable, si tu vois ce que je veux dire...

Tu parles que je le vois! Et tu parles que je me demande qui est cet Arnaud!

— Je n'en ai aucune idée, et je ne tiens pas à le savoir, ai-je pourtant menti.

Mon amie se tourne vers moi et me fait un sourire complice.

— Arrête, Joséphine! Je te connais et je sais que tu es aussi curieuse que moi. Tu as beau ne pas vouloir être détective plus tard, un maître-chien doit aussi faire des enquêtes, parfois. Il n'y a pas que le chien qui aime... mettre son nez dans les affaires des autres! pouffe-t-elle.

— Très drôle! dis-je, même si j'éclate de rire en m'imaginant à quatre pattes en train de renifler des bagages suspects dans un aéroport. D'accord, d'accord, je l'avoue : moi aussi, je me pose des questions. Il y a de quoi s'en poser, d'ailleurs.

— Ça, c'est vrai, approuve Vincent, qui vient d'arriver près de nous après être allé ranger la tondeuse. Avez-vous vu comment monsieur Gérard a changé d'attitude après son coup de fil ? Je ne le reconnaissais plus ! On aurait dit un clone d'un de ces films de science-fiction : un physique identique, mais une personnalité différente.

Décidément, Vincent et moi sommes vraiment sur la même longueur d'onde.

— Comme si des extraterrestres avaient pris possession de son corps, n'est-ce pas ?

— Exactement, Joséphine, acquiesce-t-il.

— Avez-vous déjà vu un extraterrestre qui s'appelle Arnaud ? remarque Catherine.

— Je n'ai jamais vu d'extraterrestre, point ! répond Vincent, avec ce sens de l'humour qui me fait toujours craquer.

Euh... Oups ! Reviens sur terre, Joséphine, c'est le cas de le dire !

— Monsieur Vincent fait son grand comique, soupire Catherine, légèrement vexée. Bon, ça suffit, les plaisanteries douteuses! Il faut plutôt examiner les indices, nous signale-t-elle en sortant son petit calepin de la poche arrière de sa salopette de travail.

— Tu as apporté ton calepin ici?

— On ne sait jamais quand ça peut servir, Joséphine, observe mon amie.

Elle l'ouvre sur une page blanche et commence à noter des éléments de la conversation de monsieur Gérard avec le mystérieux Arnaud.

— Il a dit que les choses devaient changer, qu'il ne pouvait pas continuer ainsi plus longtemps, qu'il n'avait pas le choix et qu'il allait donner quelque chose à son interlocuteur, probablement de l'argent, énumère Vincent.

Mon camarade est pris au jeu, comme s'il était en présence d'un véritable détective, ce qui le rachète automatiquement aux yeux de Catherine.

— Et il semblait accablé, inscrit-elle avant de tourner une nouvelle page.

— Hum... Que dirait Hercule Poirot dans un cas comme celui-ci? murmure Vincent, qui se passionne autant que moi pour l'auteure anglaise Agatha Christie.

— Il dirait probablement que nous ne possédons pas assez d'indices pour ouvrir une enquête ou découvrir un crime, si crime il y a. Les petites cellules grises de nos cerveaux sont efficaces, mais ne font tout de même pas de miracles, ai-je constaté.

— Effectivement, admet Vincent, à contrecœur.

Ouf! Pas assez d'indices, donc pas d'enquête. Je suis à la fois soulagée, et quelque peu déçue. Le mystère demeure complet et ma curiosité est loin d'être satisfaite... Par contre, nous pouvons retourner à nos propres affaires et ne pas risquer de nous mêler de ce qui ne nous regarde pas. Finalement, j'avais bien raison de me dire qu'il valait mieux que je reste en dehors de tout ça.

— Bon, ce n'est pas grave, il nous suffit de trouver d'autres indices, continue pourtant Catherine en fermant son carnet. Et nous sommes bien placés pour le faire, maintenant que nous travaillons sur le terrain au moins une fois par semaine.

— Dis donc, Catherine, toi qui ne voulais pas obtenir un contrat de monsieur

Gérard, tu as vite changé d'idée! ai-je fait remarquer à mon amie.

— C'est vrai. Quand il est question d'enquête, j'oublie tout le reste.

Y compris la prudence, voudrais-je répondre, mais un bruit de moteur et un crissement de pneus m'en empêchent.

Surpris, Catherine, Vincent et moi nous tournons vers la rue. Même Twister, qui sommeillait près de nous, sursaute et se lève brusquement, les babines légèrement relevées sur ses crocs. Une voiture sport de couleur grise arrive avec fracas devant la maison de monsieur Gérard, projetant des centaines de petits cailloux sur la pelouse fraîchement nettoyée. Vincent fait une moue de colère en voyant une partie de son travail anéantie.

— Mais qui est donc cet hurluberlu? s'écrie-t-il pour couvrir le vrombissement du moteur.

Catherine et moi regardons en direction de la voiture. Je sais que, comme moi, ma meilleure amie se doute de la réponse à cette question.

— Oh! Oh! Tu penses ce que je pense, Joséphine?

— Oui, Catherine. J'ai bien l'impression que nous ne tarderons pas à découvrir qui est le fameux Arnaud…

4

L'homme
aux deux visages

La portière du côté conducteur s'ouvre et un individu très maigre sort d'un bond de l'automobile. Il marche à longues enjambées vers la porte d'entrée de la maison de monsieur Gérard. Je dois tirer de toutes mes forces sur la laisse de Twister pour le retenir, car mon chien n'a pas du tout apprécié l'arrivée fracassante de ce visiteur et voudrait bien aller lui montrer son mécontentement.

Il faut dire que moi non plus, je n'ai pas aimé la façon de conduire du jeune homme. Quelle idée de rouler à une telle vitesse en plein quartier résidentiel! Et si Thomas avait été dehors, en train de faire du vélo? Ou si un autre enfant avait traversé la rue, précisément au moment où la voiture arrivait? J'ose à peine imaginer ce qui se serait produit.

En passant près de nous, l'inconnu, qui ne doit pas avoir plus de vingt-cinq ans, nous regarde, mes amis et moi, d'un œil à la fois soupçonneux et dédaigneux. Le même type de regard, en fait, que nous a lancé monsieur Gérard quand nous nous sommes présentés pour lui offrir nos services. D'ailleurs, maintenant que je m'y attarde un peu, j'ai l'impression d'avoir déjà vu le nez en trompette et les yeux gris de cet homme. Outre sa carrure, qui est beaucoup plus décharnée que celle du voisin de Vincent, il lui ressemble étrangement. Serait-il parent avec lui? Même si monsieur Gérard est trop bougon pour avoir des amis, il doit bien avoir une famille.

Parvenu à la porte, le chauffard se met à y tambouriner sans ménagement. Décidément, il ne fait rien calmement, celui-là! En attendant une réponse, il piétine sur place, pivote sur lui-même à quelques reprises et finit par pousser un juron, car personne ne vient lui ouvrir. C'est bizarre, j'aurais cru que monsieur Gérard se serait caché derrière les rideaux de son salon pour s'assurer que Catherine, Vincent et moi faisions le travail à son goût. Je me serais même attendue à ce qu'il voie arriver son visiteur, comme il nous a vus arriver plus tôt dans la journée, mais ce n'est pas le cas. Où donc peut-il bien être?

Je jette un œil à Vincent qui hausse les épaules, me signifiant qu'il est aussi surpris que moi de ne pas voir son voisin apparaître. Mine de rien, il continue d'observer l'homme, tout en se joignant à Catherine, qui a l'air absorbée par sa tâche de désherbage, mais qui ne rate absolument rien de la scène. D'instinct, elle met une main sur son carnet de notes pour s'assurer qu'il est toujours en place. Je connais mon amie: elle brûle d'envie de le prendre pour y inscrire ses observations. Mais elle se retient, car cela éveillerait les soupçons qu'une jeune fille prenne des notes à l'arrivée d'un étranger.

L'étranger en question, fatigué d'attendre, appuie furieusement sur la sonnette. Je ressens soudain une inquiétude : ce n'est pas normal que monsieur Gérard ne soit pas encore venu répondre. Et je sais pertinemment qu'il est dans la maison, car s'il était sorti, nous l'aurions vu. Lui serait-il arrivé quelque chose ?

Heureusement, avant que je n'imagine toutes sortes de scénarios tous plus épouvantables les uns que les autres, la porte finit par s'ouvrir et le vieux voisin apparaît dans l'embrasure. À voir l'état de ses cheveux – ou du moins, de ceux qu'il lui reste –, il devait être en train de dormir. Il passe et repasse ses mains sur son visage ; il se frotte vigoureusement les yeux et tente de replacer ses lunettes sur son nez. Quand c'est chose faite, il reconnaît son visiteur.

— Ah, Arnaud ! Te voilà ! Je me suis un peu assoupi en t'attendant.

— Ne vous en faites pas, mon oncle, je comprends. Rien de tel qu'une bonne sieste l'après-midi pour se sentir ragaillardi, n'est-ce pas ? remarque-t-il d'une voix remplie de sollicitude, presque mielleuse.

— Si tu le dis, acquiesce monsieur Gérard sans grande conviction. Allons, viens, j'ai ce qu'il faut, continue-t-il en s'écartant pour le laisser entrer.

D'un seul mouvement, Catherine, Vincent et moi nous rassemblons dans la plate-bande située sous les fenêtres du salon de monsieur Gérard. Nous nous mettons machinalement à arracher les mauvaises herbes, beaucoup plus coriaces à cet endroit, tout en discutant à voix basse.

— Joséphine, je commence à penser que tu n'as pas tout à fait tort avec tes histoires d'extraterrestres. Non mais, avez-vous vu le changement d'attitude de cet Arnaud? interroge Vincent, l'air incrédule.

— Tu parles que je l'ai vu! lui dis-je. Il est passé du fou du volant au jeune homme sage et de bonne famille.

— Il y a quelque chose qui ne tourne pas rond, ici, constate Catherine, les sourcils froncés.

Comme pour appuyer ses paroles, des éclats de voix nous parviennent par les fenêtres demeurées ouvertes.

— Es-tu absolument certain de te rappeler ce que tu dois prendre, Arnaud?

Je ne me sens pas très bien, ces temps-ci. Je n'ai plus de forces. Crois-moi, je suis littéralement épuisé. Je n'arrive même plus à prendre soin de mon terrain, et ça, ce n'est pas dans mes habitudes ! Peut-être que, sans le vouloir, tu as commis une erreur...

— Ne vous inquiétez pas, mon oncle, je ne peux pas commettre d'erreur. C'est normal que vous soyez un peu plus fatigué ces jours-ci. Il fait très chaud, dehors. Ce temps humide et collant amortirait un cheval.

— J'imagine que tu as raison. Bon, pars vite, dans ce cas, sinon, je vais en manquer. Et ce serait catastrophique pour moi si cela se produisait.

— J'y vais de ce pas, mon oncle !

Quelques secondes plus tard, la porte d'entrée de monsieur Gérard s'ouvre de nouveau. Tandis qu'il sort, je crois apercevoir une grimace de dégoût sur le visage d'Arnaud. Mais peut-être est-ce tout simplement le soleil qui l'a ébloui, car lorsqu'il se retourne pour dire au revoir à son oncle, il le gratifie d'un grand sourire.

Cependant, monsieur Gérard ne s'en préoccupe pas. Il grimace – et cette fois,

le soleil n'a rien à voir là-dedans – en direction de mon Twister. Mon chien, redevenu calme, s'est couché sur la pelouse, dans un coin d'ombre à quelques pas de nous.

— Mais qu'est-ce que c'est que cette bête sur mon terrain ? se fâche le vieillard. Je n'en veux pas ici ! On tourne le dos quelques secondes et ça vous fait un cadeau malodorant. À qui donc appartient cet horrible *cabot* ?

Horrible *cabot* ? D'abord, mon Twister est un chien errant, et maintenant, un horrible *cabot* ! Il n'a vraiment pas les yeux en face des trous, celui-là !

— Ce magnifique chien est à moi ! ai-je rétorqué brusquement, en appuyant fortement sur chaque syllabe. C'est un labrador, sûrement pas un horrible…

— Allons, mon oncle, coupe Arnaud d'une voix douce. Laissez ces enfants et leur chien tranquilles. J'imagine que vous êtes les jeunes que mon oncle a engagés pour s'occuper de son terrain ? s'informe-t-il en s'approchant de nous. Enchanté ! Je suis Arnaud ! se présente-t-il en tendant la main d'abord à Catherine et ensuite à Vincent. Et lui, quel est son nom? demande-t-il en se dirigeant vers mon chien.

— Il s'appelle Twister, dis-je, légèrement radoucie.

Eh bien, peut-être que la première impression n'est pas toujours la bonne, en fin de compte. J'éprouvais une sérieuse antipathie envers ce chauffard d'Arnaud, mais à le voir défendre mon chien de la sorte, je l'apprécie un peu plus. Quoique son sourire fendu jusqu'aux oreilles ne s'étire pas jusqu'à ses yeux, ce qui me met un peu mal à l'aise.

— Salut, Twister! lance-t-il d'une voix enjouée. On t'a déjà dit que tu étais un très joli toutou?

— Un joli toutou qui n'attend que la chance de faire ses besoins dans mes plates-bandes! ronchonne monsieur Gérard.

S'il le faisait, ça leur donnerait au moins un peu d'engrais, à vos horribles plates-bandes, ai-je le goût de répliquer. Mais la scène qui se déroule devant mes yeux m'empêche d'émettre le moindre son.

En effet, Twister s'est redressé à l'approche d'Arnaud et se tient fièrement debout. Il refuse obstinément la caresse que le jeune homme désire lui faire.

— Allons, viens, mon chien! Donne la patte! Donne la patte! insiste Arnaud, la main tendue.

Mais Twister ne bronche pas. Ou plutôt, si, il se décide finalement à bouger au moment où Arnaud s'avance encore de quelques pas. Mon labrador change alors complètement d'attitude – tout le monde a cette manie, aujourd'hui –, passant d'un état de tranquillité à un état d'alerte. Tous ses muscles sont aux aguets et son museau est relevé. *Oh non! Oh non, pas ça!* ne puis-je m'empêcher de supplier en mon for intérieur. D'un pas décidé, ne pouvant entendre mes supplications, Twister vient se placer à côté du neveu de monsieur Gérard, à une distance suffisante pour ne pas recevoir ses caresses, et s'assoit dignement, les yeux fixés sur lui.

Catherine et Vincent, qui ont déjà vu Twister à l'œuvre dans une démonstration de ses talents, sursautent légèrement. Heureusement, leur réaction échappe à monsieur Gérard et, surtout, à Arnaud. Pour ma part, je sens mes jambes devenir molles et mon cœur se mettre à battre la chamade. J'essaie de ne rien montrer de mes émotions, même si la peur envahit progressivement chaque parcelle de mon corps et de mon esprit.

Mon chien détecteur vient de renifler une odeur suspecte et me le fait savoir en s'assoyant. Qu'est-ce que ça peut bien être? De la drogue? Une arme à feu? Je ne saurais le dire. Mais ce que je peux dire, par contre, c'est que la provenance de l'odeur ne fait aucun doute: Arnaud doit certainement transporter sur lui quelque chose d'illégal...

5

La trouvaille
de Thomas

Twister se met à japper. Il jappe, il jappe, et il jappe encore, et à mon grand désarroi, impossible de l'arrêter. Je commence à avoir des sueurs froides. Le regard d'Arnaud, qui passe successivement de moi à Twister, ne fait qu'augmenter ma nervosité. *Arrête de* *japper, Twister, tu es censé être un chien passif, pas un chien actif. Inutile d'alerter tout le quartier ! J'ai compris le message !* Bien sûr, Twister ne peut pas lire dans mes pensées, alors il continue à aboyer. Les prunelles du neveu de monsieur Gérard semblent rétrécir et se fondre dans le gris de ses iris, tellement il nous fixe, mon chien et moi. Soudain, j'ai un mouvement de recul. Je voudrais crier, mais j'en suis incapable. Ce qui arrive est beaucoup trop horrible !

Deux éclairs fulgurants sortent des fentes que sont devenus les yeux d'Arnaud. La chaleur qui s'en dégage allume un feu sous une marmite, que son oncle vient d'apporter sur son terrain. Avec un ricanement sinistre, le vieux grincheux y plonge une très longue cuillère de bois et se met à brasser un liquide verdâtre, duquel s'échappe une épaisse fumée. À ce moment, une explosion ébranle la terre et me projette violemment sur le gazon fraîchement coupé. *Noooooooon !*

Je me réveille en sursaut, le pyjama trempé de sueur. Je suis assise par terre, à côté de mon lit. Un cauchemar ! J'ai fait un cauchemar ! Fiou ! Durant quelques

secondes, je ressens un immense soulagement. Mais le soulagement fait rapidement place à l'inquiétude, car même si l'épisode des éclairs et de la marmite – gracieuseté de Chantal et de ses histoires de sorcier des temps modernes – n'était qu'un rêve, celui où Twister s'est assis à côté d'Arnaud, lui, était on ne peut plus réel.

Je me lève péniblement, comme si je pesais une tonne, et je me dirige vers le grand miroir accroché derrière la porte de ma chambre. Quelle mine épouvantable! Mes cheveux sont encore plus en bataille que d'habitude, j'ai des poches sous les yeux, et mon teint tire sur le jaunâtre. Si mes parents me voyaient comme ça, ils me demanderaient si j'ai passé la nuit sur la corde à linge. *Sur la corde raide serait plus approprié,* me dis-je en me dirigeant vers la salle de bain pour prendre une bonne douche.

Revenue dans ma chambre, je m'habille et j'ouvre les rideaux. Au moins, c'est une journée magnifique, aujourd'hui. Il fait encore chaud, mais l'humidité a diminué, grâce à une brise très agréable et, surtout, au violent orage qui a éclaté la nuit dernière. C'est en partie à cause de lui si j'ai fait ce cauchemar, j'en suis sûre. Il était tellement fort qu'il a fait trembler les vitres de la maison. Mais, pour être tout à fait honnête, il n'y a pas que les vitres qui ont tremblé. Tous mes membres se sont aussi mis de la partie, et mon Twister, qui dort à mes pieds sur mon lit, a été secoué comme un prunier. Le pauvre n'a pas pu bénéficier d'un sommeil réparateur. Remarquez, moi non plus, je ne me suis pas vraiment reposée, loin de là.

Je n'y peux rien, je déteste les orages ! Quoi de plus agressant que cette lumière vive qui arrive sans crier gare, suivie d'un bruit infernal imitant à la perfection un coup de canon ? Je n'avais pas le temps de compter les secondes entre les éclairs et le tonnerre, tellement l'orage était proche. À croire que le ciel me tombait sur la tête, comme dirait Astérix le Gaulois.

D'un autre côté, même si le temps avait été doux, les bras de Morphée ne m'auraient pas plus tentée. J'étais bien trop préoccupée, car avec ou sans orage, j'ai l'impression que le ciel m'est bel et bien tombé sur la tête, au moment où mon chien détecteur s'est assis à côté d'Arnaud. Si nous avions agi selon la volonté de Twister, le jeune homme aurait tout de suite été mis en état d'arrestation !

Sans ses gâteries préférées en forme de steaks que j'avais en poche et grâce auxquelles j'ai finalement pu le faire venir près de moi pour qu'il puisse s'en régaler, mon labrador serait toujours assis au même endroit en ce moment. Heureusement qu'Arnaud ne sait pas que Twister est entraîné à renifler les odeurs provenant des drogues et des armes à feu ! Sinon, je doute fort qu'il se serait contenté de me féliciter sur les bonnes manières de mon chien, qui « s'assoit sans même qu'on ait à le lui demander ».

Bien malgré moi, je repense à la journée d'hier. Après le départ d'Arnaud pour je ne sais trop où, Catherine, Vincent et moi n'avons pas pu discuter, parce que monsieur Gérard a décidé de s'asseoir sur son perron pour nous regarder travailler. Enfin, je crois qu'il nous regardait, parce que ses yeux étaient dirigés vers nous, mais son esprit, lui, avait l'air de vagabonder ailleurs. Parfois, sa tête dodelinait comme s'il dormait, mais nous ne voulions pas parler et risquer qu'il nous entende. Sa présence a donc rendu l'entretien du terrain beaucoup plus ardu. Cela nous a pris un temps fou, et l'heure du souper est arrivée bien plus vite que nous ne l'aurions souhaité.

Encore là, autour de la table chez moi, pas question de parler de l'incident Arnaud devant mes parents, du moins pas avant d'en savoir plus. Résignés, nous avons grignoté nos hot-dogs, nos croustilles, ainsi que nos carottes et nos céleris – surtout pour faire plaisir à ma mère, qui tient mordicus à ce que je mange des légumes à tous les repas – sans échanger une seule parole. Mes parents nous ont même taquinés en affirmant que s'ils avaient su à quel point nous serions sages après une journée de travail, il y a belle lurette qu'ils nous auraient envoyés tondre des pelouses!

Nous avons dû attendre bien après le souper pour pouvoir parler. Mais ça n'a rien donné, parce que ni Catherine, ni Vincent, ni moi ne pouvions fournir une explication, sinon que Twister a effectivement senti quelque chose de suspect sur le neveu de monsieur Gérard. Qu'a-t-il senti, exactement? Mystère et boule de gomme! Il a bien fallu admettre que nous ne pouvions rien faire pour le moment, sinon garder nos oreilles et nos yeux ouverts lors de notre prochaine visite chez le vieux voisin de Vincent. Et surtout, amener mon fidèle chien, qui possède un instinct et un flair infaillibles.

Fatiguée de ressasser tous ces événements, je descends déjeuner à la cuisine. Je dois bientôt aller m'occuper du terrain de madame Bouvrette, qui habite dans ma rue. Il faut que j'aie terminé pour midi, puisque grand-mère Luce et le papi de Catherine viendront dîner et nous montrer des photos de leur lune de miel aux chutes Niagara. Ensuite, comme il en a l'habitude un samedi sur deux, Jean-Guy nous rendra visite en après-midi avec sa chienne Cannelle. Il m'a dit qu'il avait une surprise pour moi. J'ai bien hâte de voir ce que c'est, car malgré mes supplications au téléphone, il a refusé de me donner ne serait-ce qu'un petit indice me permettant de le deviner.

Mes céréales avalées, je salue maman et papa, qui sont absorbés par la lecture de leurs journaux de fin de semaine, et je remonte dans ma chambre chercher

Twister, qui profitait de mon absence pour rattraper son sommeil perdu. Mais quand je lui montre sa laisse, il ne se fait pas prier. Il se lève d'un bond, et nous dévalons l'escalier pour aller rejoindre Catherine et Vincent.

Je les aperçois, déjà au travail chez madame Bouvrette. J'accélère le pas, ne voulant pas les faire attendre. Lorsque j'arrive près de Vincent, mon ami lâche la poignée de sa tondeuse, éteint le moteur et se dirige vers moi en gesticulant et en parlant très rapidement.

— Joséphine, j'ai du nouveau ! Thomas a trouvé quelque chose hier soir chez monsieur Gérard, quelque chose de très étrange ! me confie-t-il sans prendre le temps de respirer. Mon petit frère était venu m'aider à arroser les plates-bandes de notre voisin, enfin… je sais que nous les avions déjà arrosées, mais je voulais lui faire plaisir. Tu comprends, il tenait tellement à travailler avec moi…

— Et c'est une bonne chose qu'il l'ait fait, poursuit Catherine. Sans quoi, Thomas ne nous aurait jamais fourni cet indice, remarque-t-elle en consultant son carnet de notes.

— Mon petit frère, un vrai petit détective en herbe! ajoute Vincent, fier comme un paon. Si tu savais ce qu'il a trouvé, Joséphine! As-tu seulement une idée?

— Mais non, je n'en ai aucune idée, vous ne m'avez encore rien dit de précis. Voulez-vous arrêter de tourner autour du pot et m'expliquer ce qui se passe! dis-je en essayant de ne pas me laisser emporter au rythme des battements de mon cœur.

— Tiens! Joséphine, te voilà! Prête à te mettre à l'œuvre? me demande à ce moment madame Bouvrette, qui vient d'apparaître de derrière sa maison.

Oh non! Ne me dites pas qu'encore aujourd'hui, je vais devoir attendre pour en savoir plus! Décidément, le travail de paysagiste comporte plus de suspense que je ne l'aurais cru!

— Oui, madame Bouvrette, je suis prête! ai-je toutefois répondu d'une voix faussement enjouée.

— Et je vois que tu as amené ton beau Twister. Vous n'avez rien d'un chien et d'une maîtresse, tous les deux, vous êtes plutôt comme deux siamois, toujours ensemble! s'esclaffe-t-elle, satisfaite de sa comparaison.

Heureusement que Twister ne sait pas ce que veut aussi dire le mot «siamois», sans quoi il ne se laisserait pas flatter le museau avec autant de ravissement. Mon labrador a tellement horreur des chats que leur simple vue lui hérisse tous les poils le long de la colonne vertébrale!

— Je crois que je vais me joindre à vous, nous annonce madame Bouvrette qui, étant veuve et sans enfants, apprécie manifestement notre compagnie.

Je ne peux pas lui en vouloir, mais tandis qu'elle jacasse sur les malheurs des uns et le bonheur des autres, majoritairement des gens de mon quartier que je connais à peine, je n'arrive pas à l'écouter. Je pense plutôt à la trouvaille de Thomas. Qu'est-ce que ça peut être? Un sachet de drogue? Des douilles de balles de revolver? *C'est ça, Joséphine, Arnaud a utilisé un revolver, il a tiré des balles en plein quartier résidentiel et personne n'aurait entendu les détonations! Franchement, contrôle un peu ton imagination!*

Mais alors, que peut bien être cette découverte qui s'est rapidement transformée en indice ? Misère ! Je vais encore devoir patienter avant de le savoir...

6

Le mystère
s'épaissit

Nous sommes assis en indien sur le plancher de ma chambre et nous observons la trouvaille de Thomas. Ouf! Je commençais à croire que ce moment n'arriverait jamais. J'avoue que cela fait changement des diapositives du voyage de noces de ma grand-mère et du papi de Catherine. D'autant plus que jamais je n'aurais cru qu'il existait encore des diapositives, avec toute la technologie numérique qui est offerte sur le marché. Mais nos grands-parents refusent d'acquérir cet équipement de pointe, prétextant que la bonne vieille méthode est de loin la plus romantique. Peut-être ont-ils raison… Je dois bien avouer que c'était plaisant de s'installer dans le noir pour regarder défiler leurs photos sur un grand écran de toile blanche, même si j'avais un peu de difficulté à me concentrer. J'avais l'esprit accaparé par ce que j'allais découvrir aussitôt que nous aurions un moment pour discuter en paix, Vincent, Catherine et moi.

Maintenant, je peux enfin diriger toute mon attention sur ce que Thomas a trouvé chez monsieur Gérard : un bloc de papiers. Mais ce ne sont pas des papiers ordinaires, bien au contraire ! Ce sont des feuilles pour écrire des ordonnances, comme les médecins en remplissent quand on va les voir et qu'on doit prendre des médicaments pour guérir d'une maladie. Je dois dire que je m'attendais à bien des choses, mais pas à une tablette d'ordonnances.

— Où Thomas a-t-il trouvé ça ?

— À l'endroit même où Arnaud se tenait quand il a essayé de flatter Twister, m'informe Vincent.

— C'est sûrement lui qui a perdu cette tablette, prétend Catherine.

— Mais comment pouvons-nous en être certains?

— Facile! poursuit Vincent. Personne d'autre que lui ne s'est promené sur le terrain. Et je suis persuadé que la tablette n'était pas là à notre arrivée. Je l'aurais trouvée en passant la tondeuse.

— Justement, comment se fait-il que nous ne l'ayons pas vue nous-mêmes, après le départ d'Arnaud?

— Je ne sais pas pour toi, Joséphine, mais de mon côté, j'étais bien trop préoccupée par l'attitude de Twister, et ensuite, par la présence de monsieur Gérard sur son perron, m'explique Catherine.

— Moi, je l'avais remarquée! nous confie alors Vincent.

— Pourquoi ne l'as-tu pas ramassée tout de suite, dans ce cas? dis-je à Vincent, étonnée.

— Elle était à l'envers et je croyais que c'était un vulgaire papier soufflé à cet endroit par les pneus de la voiture d'Arnaud lorsqu'il est arrivé. Ensuite, j'ai oublié ce déchet, et c'est quand je suis retourné là-bas avec mon petit frère que lui, il l'a ramassé.

— Mais nous ne pouvons toujours pas être sûrs que c'est Arnaud qui l'a laissé tomber à cet endroit.

— Allons, Joséphine, qui d'autre, selon toi ? Il faut que ce soit lui !

— Vous avez probablement raison, mais je croyais que les tablettes d'ordonnances étaient strictement réservées à l'usage des médecins. Avez-vous déjà entendu parler d'une papeterie qui en vend ? dis-je, soupçonneuse.

— Justement, non ! s'exclame Catherine. C'est ce qui en fait un indice si crucial. Qu'est-ce qu'un homme comme Arnaud peut bien fabriquer avec ça ? s'interroge-t-elle.

— C'est suspect, c'est certain, approuve Vincent. Normalement, il ne devrait pas se promener avec des feuilles d'ordonnances dans ses poches.

— À moins qu'il ne soit réellement un médecin ! C'est une possibilité qu'il ne faut pas oublier.

Catherine et Vincent me regardent, perplexes.

— Je m'excuse, mais il n'a vraiment pas l'air d'un médecin, juge Vincent. En plus, il semble trop jeune pour avoir terminé des études de médecine.

— C'est vrai qu'Arnaud n'a pas du tout le profil d'un professionnel de la santé, mais nous ne pouvons pas en être absolument sûrs.

— Joséphine, tu oublies que Twister a senti une odeur sur lui. Une odeur de drogue ou d'arme à feu, qui sait ? Et tu crois vraiment qu'un médecin...

— Catherine, tu sais comme moi que les apparences sont souvent trompeuses. Ne dit-on pas que l'habit ne fait pas le moine ? Malheureusement, un médecin pourrait lui aussi transporter quelque chose d'illégal.

— Joséphine marque un point, déclare Vincent. Avant de sauter aux conclusions, il faut découvrir quel est le métier d'Arnaud.

— Et comment comptes-tu faire ça ? demande Catherine.

— C'est tout simple : je vais questionner monsieur Gérard.

— Et tu crois qu'il répondra, lui qui est si aimable ? ne puis-je m'empêcher d'ironiser.

— Ça vaut le coup d'essayer, me répond-il, avec une assurance qui ne me laisse pas indifférente.

Avant que je ne succombe encore une fois au charme de mon camarade, la sonnette de la porte d'entrée retentit.

— C'est sûrement Jean-Guy qui arrive avec Cannelle, dis-je à mes amis, oubliant durant quelques secondes le sujet qui nous préoccupe. Je vais enfin savoir ce qu'il m'a réservé comme surprise. Avec lui, au moins, je sais que ce sera une surprise plaisante.

En entendant parler de Jean-Guy et de Cannelle, Twister quitte son poste devant la commode et trottine en direction de l'escalier. Parfois, on jurerait qu'il comprend tout ce que je dis ! Catherine, Vincent et moi courons à sa suite pour aller accueillir mon ami maître-chien, mais Vincent m'arrête à mi-chemin des marches. Catherine continue vers la porte d'entrée pour ouvrir.

— Écoute, Joséphine, tu me raconteras ce qu'était la surprise de Jean-Guy, d'accord ? De mon côté, je vais tout de suite aller voir monsieur Gérard pour lui tirer les vers du nez.

— Mais…

— Ne t'inquiète pas, je trouverai un prétexte valable! me dit-il en mettant une main sur mon épaule et en me donnant un léger baiser sur la joue.

Avant que je ne réalise ce qui vient de se produire, Vincent passe devant moi et sort de la maison, après avoir salué Jean-Guy et Catherine, qui sont déjà en pleine conversation. *Du calme, Joséphine, du calme. Un baiser sur la joue, ce n'est rien du tout!* Malgré ma bouche sèche et mes joues rosies, je parviens à articuler:

— Allô Jean-Guy!

— Salut, Joséphine! Il fait chaud, n'est-ce pas? Ça doit être pour ça que tu es toute rouge, me taquine-t-il, nullement dupe.

Je vois bien que Catherine se retient de rire. Heureusement, elle y parvient et change habilement de sujet.

— Alors, Jean-Guy, Joséphine m'a dit que tu avais une surprise pour elle. C'est vrai? Qu'est-ce que c'est?

— Un instant, Miss Marple! se défend Jean-Guy. Chaque chose en son temps!

C'est au tour de ma meilleure amie d'avoir le teint cramoisi. Sans le savoir,

Jean-Guy vient de lui faire un très beau compliment en la comparant à un autre des célèbres personnages d'Agatha Christie, expert en résolution d'énigmes policières.

— Je voudrais d'abord saluer tes parents, Joséphine. Où sont-ils?

— Sur le patio, où crois-tu qu'ils sont, par une si belle journée?

— Alors je vais aller les rejoindre. Vous venez, les filles? lance Jean-Guy en marchant d'un pas aussi résolu que possible en essayant de ne pas trébucher sur Cannelle et Twister, qui se tournent autour comme s'ils ne s'étaient pas vus depuis des siècles.

Sachant que nous n'avons aucune chance de faire parler Jean-Guy avant qu'il ne décide lui-même de le faire, Catherine et moi lui emboîtons le pas. En nous voyant, la mine renfrognée et la tête basse, ma mère et mon père s'esclaffent.

— Jean-Guy, tu ne leur as toujours pas annoncé la nouvelle? s'étonne mon père en lui tendant un grand verre de cola.

— Tu es incorrigible, remarque ma mère en lui donnant un petit coup amical sur l'épaule. Arrête de les faire languir, les pauvres !

— Comment ? De quelle nouvelle parlez-vous ? Vous êtes au courant ?

— Bien entendu, Joséphine, poursuit mon père, fanfaron. Oh ! si tu savais ce que c'est, je suis sûr que je devrais prendre une perche pour te décrocher des rideaux !

— Papa...

— D'accord, d'accord, Joséphine, ne t'emballe pas, je vais te le dire, finit par abdiquer Jean-Guy. Premièrement, tu dois savoir que la surprise est aussi pour Catherine.

À côté de moi, mon amie pousse une exclamation de joie :

— Pour moi ?

— Eh oui ! De toute façon, vous faites tout ensemble toutes les deux, alors je ne vois pas pourquoi cette fois-ci serait différente.

— Différente de quoi ? Faire quoi ensemble ? Allons, Jean-Guy, je n'en peux plus d'attendre !

— Eh bien, Joséphine, je t'annonce que très bientôt, nous aurons une journée parents-enfants à mon travail.

Ça veut dire que mes collègues pourront amener leurs enfants pour leur montrer ce qu'ils font quand ils ne sont pas à la maison. Or, comme je n'ai pas d'enfants… du moins, pour le moment, j'ai demandé une permission spéciale, et je l'ai obtenue sans difficulté. Donc, toi et Catherine allez pouvoir m'accompagner dans une opération au cours de laquelle Cannelle et moi devrons débusquer des objets illégaux.

Je n'en crois pas mes oreilles. Je vais accompagner Jean-Guy dans son travail! Je vais savoir ce que ça fait d'être un véritable maître-chien et d'aller sur le terrain. Sauf que…

— Une journée parents-enfants comme la journée axée sur les carrières à l'école, l'année dernière? C'est ça? Tu nous emmènes à une démonstration?

— Non, Joséphine, cette fois-ci, ce ne sera pas une démonstration, ce sera pour de vrai!

Jean-Guy a à peine terminé sa phrase que Catherine et moi sautons sur place, en riant aux éclats. À l'image de Cannelle et de Twister quelques minutes auparavant, nous dansons autour de lui. Nous l'embrassons sur les deux joues

et nous nous précipitons dans ses bras pour le remercier. Résultat ? Nous perdons l'équilibre et nous nous retrouvons tous les trois par terre, les quatre fers en l'air !

— À ce que je vois, je n'aurai pas besoin d'une perche, en fin de compte, mais bien d'une pelle pour vous décoller du plancher ! pouffe mon père, imité par ma mère.

Rouges d'embarras autant que de bonheur, Jean-Guy, Catherine et moi parvenons à nous relever.

— Euh…, commence Catherine, une fois l'effet de surprise passé, j'imagine qu'il n'y aura aucun danger, même si nous fouillerons pour trouver des choses illégales. Je veux dire…

— Ne t'en fais pas, Catherine, nous serons en sécurité. Nous irons dans un entrepôt où des caisses provenant de bateaux devront être examinées. Leurs propriétaires ne seront pas sur les lieux. Tu penses bien que si ça n'avait pas été le cas, je ne vous aurais pas invitées, toutes les deux. Je ne vous ferais jamais courir de risque.

— Ça, je le sais, répond Catherine, soulagée. Mais de toute façon, j'y serais allée quand même, ajoute-t-elle. Il faut bien que je m'habitue un peu au danger, si je veux devenir détective.

Jean-Guy et moi nous regardons discrètement, un sourire en coin devant la détermination de ma meilleure amie. De mon côté, je ne peux m'empêcher de me demander si on peut réellement s'habituer au danger, ou si on doit l'accepter comme faisant partie des risques du métier. Mais je n'ai pas le temps de trouver la réponse, car la sonnerie du téléphone retentit.

— J'y vais !

Je cours décrocher, en me disant qu'il faudra que j'appelle Vincent tout de suite après pour lui annoncer la nouvelle.

— Joséphine ? C'est moi !

Eh bien, quand on parle du loup...

— Vincent, je voulais justement t'appeler ! dis-je à mon copain, toute enthousiaste. Tu ne croiras pas ce que je viens d'apprendre...

— Toi non plus ! me coupe-t-il. J'ai parlé à monsieur Gérard, Joséphine ! Et ce qui se passe est bien plus grave que ce que nous aurions pu imaginer...

7

Erreur...
ou préméditation ?

Des coups aussi impatients que vigoureux retentissent à la porte. Tant mieux ! Ce doit être Vincent. Je m'excuse auprès de mes parents et de Jean-Guy, occupés à placoter en sirotant leur verre de boisson gazeuse, et Catherine et moi courons lui ouvrir.

— Vincent ! Enfin, te voilà ! Tu en as mis du temps !

— Je m'excuse, Joséphine, j'avais une course à faire.

— C'était bien le moment !

— Tu vas tout comprendre quand je vais t'expliquer. Mais je ne te blâme pas d'être impatiente.

— Tu aurais été aussi impatient que moi, à ma place. Après ce que tu m'as dit au téléphone, comment ne pas être intriguée ?

— Alors, qu'est-ce qui te fait dire que la situation est peut-être plus grave que ce que nous pensions ? demande Catherine, habituée à aller droit au but.

Vincent jette un œil en direction du patio et nous fait signe de le suivre.

— Venez, il vaut mieux que nous parlions en privé pour le moment, chuchote-t-il en montant l'escalier.

Arrivé dans ma chambre, il nous dit finalement ce qui le préoccupe.

— Mine de rien, je suis allé rendre visite à monsieur Gérard pour le questionner. J'ai dû sonner à quatre reprises pour que la porte d'entrée s'ouvre enfin. Et là, j'ai eu tout un choc !

Notre ami avale péniblement sa salive. Catherine et moi sommes suspendues à ses lèvres. Nous l'encourageons à poursuivre.

— Un choc dû à quoi ?

— Un choc quand j'ai aperçu monsieur Gérard, souffle Vincent, comme s'il avait vu une terrifiante créature de film d'horreur.

— Qu'est-ce qu'il avait ? Il était encore plus méchant que d'habitude ? murmure Catherine en retenant sa respiration.

— Non ! Il n'était pas méchant, bien au contraire. Il était plutôt… comment dire… complètement désorienté. Sur le coup, il ne savait plus qui j'étais. Il semblait totalement perdu. Mais c'est surtout son accoutrement qui m'a surpris. Il était méconnaissable. On aurait dit un…

— … extraterrestre ? dis-je, en essayant de détendre l'atmosphère, par ailleurs sans grand succès.

— Plutôt un abominable homme des neiges, Joséphine. Il était emmitouflé des pieds à la tête. Il portait des gants et un bonnet de laine, de gros chaussons gris et rouges, et il tenait une épaisse couverture à motifs écossais serrée autour de ses épaules.

— Mon Dieu! Mais il fait trente degrés à l'extérieur! s'exclame Catherine.

— Est-ce qu'il a un climatiseur? Si c'est le cas, peut-être qu'il est défectueux… Le pauvre homme doit avoir besoin d'aide pour le réparer!

— Non, Joséphine, affirme Vincent. Les fenêtres étaient ouvertes et je pouvais sentir l'air chaud provenant de l'intérieur de la maison. Quand j'ai vu ça, je lui ai demandé s'il se sentait bien et s'il avait besoin de quelque chose.

— Alors? le presse Catherine, dont la frustration commence à transparaître dans la voix.

— À ma grande surprise, il a accepté que je lui prête main-forte, nous confie Vincent, nullement offusqué par le ton de ma meilleure amie. Il m'a donné une ordonnance que je suis allé renouveler à la pharmacie. D'habitude, c'est Arnaud qui s'en occupe…

— Arnaud? Il est réellement médecin, dans ce cas! dis-je, surprise.

— Non, Joséphine! En fait, il ne travaille pas du tout, répond Vincent. Il est au chômage, à la recherche d'un emploi. Monsieur Gérard le paye pour faire ses emplettes parce qu'il est trop fatigué pour les faire lui-même. En vérité, au début, il pouvait encore les faire, mais il a voulu aider son neveu en le payant. Incroyable, non?

— Incroyable, c'est le mot! Je n'aurais jamais cru que monsieur Gérard était capable d'un acte de gentillesse, remarque Catherine.

— Il semble bien que oui... Ce qui confirme que les apparences sont souvent trompeuses. Donc, c'est Arnaud qui va à la pharmacie d'ordinaire, mais pas aujourd'hui, car il demeure introuvable, aux dires de monsieur Gérard.

— C'est bien joli, tout ça, mais je ne vois pas pourquoi tu t'alarmes à ce point. Et quel rapport y a-t-il avec son habillement, à ton avis?

— Je n'en suis pas sûr... mais chose certaine, il y a quelque chose de louche et de très étrange: j'ai découvert qu'il restait encore deux comprimés à l'intérieur de la bouteille que monsieur Gérard m'a donnée. Je ne les avais pas remarqués tout de suite, et le commis au laboratoire non plus, puisqu'il a simplement pris les renseignements sur la boîte et me l'a laissée. Je suis donc reparti avec l'ancien contenant de pilules, de même que le nouveau. En voulant jeter l'ancien, j'ai senti qu'il restait quelque chose à l'intérieur. Par curiosité, j'ai ouvert la bouteille, et c'est là que tout se corse : les deux comprimés restants sont différents de ceux que le pharmacien vient de me donner. Regardez, les deux vieux comprimés sont très petits et blancs, et les nouveaux sont également blancs, mais plus gros. Au premier abord, on peut s'y tromper, mais en y regardant de plus près, on voit bien qu'ils ne sont pas pareils.

Catherine et moi nous approchons pour mieux examiner les médicaments. Je dois admettre que Vincent a raison : ils sont bel et bien différents.

— D'un autre côté, la compagnie pharmaceutique peut tout simplement en avoir changé le format, ai-je avancé sans trop y croire.

En disant cela, je me souviens brusquement de la conversation téléphonique du vieux voisin avec Arnaud. Le fait qu'il ne pourrait pas continuer plus long-temps, l'argent, et tout le reste. Je me demande…

— Vous croyez qu'il y a un lien avec ce que nous avons entendu chez monsieur Gérard ? Il confiait à Arnaud qu'il ne se sentait pas bien, qu'il n'avait plus de forces. Il lui demandait s'il n'avait pas commis une erreur…

— Une erreur d'ordonnance ! s'écrie soudainement Catherine. La tablette ! La tablette d'ordonnances, où est-elle ?

Surpris, Vincent et moi voyons alors mon amie se jeter sur le bloc d'ordonnances qui était resté par terre dans ma chambre, comme s'il s'agissait d'une bombe à retardement prête à éclater d'ici quelques secondes et qu'elle voulait à tout prix l'en empêcher.

— Une erreur ! Arnaud a commis une erreur, selon monsieur Gérard ! continue-t-elle. Vous ne comprenez donc pas ? Il n'a peut-être pas commis d'erreur, il a peut-être…

Tout en parlant, elle scrute attenti-vement la tablette. Soudain, elle pousse un cri, mélange de joie, de fureur et de stupéfaction. Triomphante, elle nous montre sa découverte : à l'intérieur, quelques feuilles sont gribouillées de différentes signatures, comme si quelqu'un s'était exercé à les imiter. Malgré l'écriture difficile à déchiffrer, je parviens à lire un nom.

— « Petit » ! C'est bien ça ?

À son tour, Vincent pousse une exclamation :

— Petit ! C'est le nom qui apparaît sur l'ordonnance que m'a donnée monsieur Gérard. Regardez ! nous dit-il en nous montrant la petite bouteille. On voit clairement que c'est indiqué Dr Petit en bas.

— Tu as raison, constate Catherine en continuant de feuilleter la tablette, un sourcil levé. Et ici, poursuit-elle, il y a des ordonnances déjà remplies, prêtes à être apportées à la pharmacie.

— Sur l'ordonnance que je suis allé chercher, c'est écrit « Synthroid », nous informe Vincent. Est-ce que vous voyez ce médicament sur les ordonnances préparées à l'avance ?

Mon amie et moi nous penchons pour mieux décrypter les lettres, qui tiennent davantage des pattes de mouche que de la calligraphie. Je distingue le nom de monsieur Gérard, sa date de naissance, ainsi qu'une variété de médicaments. Je ne peux pas tout lire, mais je peux dire qu'il n'y a aucune marque qui ressemble à celle sur la bouteille de monsieur Gérard.

— Non, pas de Synthroid, confirme Catherine.

— Des médicaments qui diffèrent, des imitations de signatures, des ordonnances déjà remplies, récapitule Vincent. Qu'en déduirait Poirot ?

— Que tout ça est louche…, note Catherine, en continuant à déchiffrer le nom des médicaments apparaissant sur les ordonnances. Tenez, regardez ! Ici, il y a une ordonnance pour de la morphine.

— De la morphine ! Ça, ça me dit quelque chose…, dis-je, pensive. Qu'est-ce que c'est, déjà ?

— La morphine est un antidouleur très puissant, nous fait soudain sursauter une voix masculine derrière nous. Qu'est-ce que vous faites avec ça, les enfants ?

8

Visite à domicile

Catherine, Vincent et moi nous tournons d'un même mouvement vers la porte de ma chambre, le cœur battant. Nous apercevons Jean-Guy, qui se tient debout dans l'encadrement, les sourcils froncés.

— Alors? J'attends une réponse! nous signifie-t-il d'un ton sévère.

Mes amis et moi nous regardons en silence, avec l'impression d'être des gamins pris la main dans un sac de bonbons. Devant notre mutisme, Jean-Guy entre dans la pièce et arrache la bouteille des mains de Vincent. L'inquiétude se lit sur son visage.

— Ne me dites pas que c'est de la morphine! s'écrie-t-il, en cherchant le nom du médicament.

— Non, non! Ce n'est pas de la morphine!

— Dans ce cas, qu'est-ce que c'est, Joséphine? Et que faites-vous avec des médicaments, tous les trois? Allons, j'exige des explications. Vous devez certainement savoir que c'est très dangereux de manipuler des médicaments, et...

— Bien sûr que nous le savons, Jean-Guy! Tu sais bien que je ne m'amuserais jamais avec ça... Écoute, je vais tout t'expliquer, d'accord?

Jean-Guy m'observe et se radoucit un peu, tandis que Catherine et Vincent me dévisagent avec des yeux ronds.

— Il faut que nous en parlions! leur dis-je. Avec ce que nous soupçonnons, il est évident que nous avons maintenant besoin de l'aide d'un adulte.

— Tu as raison, Joséphine, admettent en chœur Catherine et Vincent.

— Pourquoi avez-vous besoin de l'aide d'un adulte, Joséphine? De quoi parles-tu, à la fin? s'impatiente mon ami maître-chien, redevenu nerveux face à nos allusions.

Pour apaiser ses craintes, je lui assure que jamais nous ne jouerions avec des médicaments. J'entreprends de tout lui raconter, en particulier l'épisode où Twister s'est assis à côté d'Arnaud. Mon récit terminé, Jean-Guy s'adresse à nous d'une voix grave.

— Eh bien, c'est toute une histoire, les enfants! J'ai toutefois une question pour vous: pourquoi ne pas m'en avoir parlé plus tôt? Joséphine, quand tu as vu que Twister avait détecté quelque chose d'illégal sur Arnaud, pourquoi ne pas m'avoir téléphoné pour m'en aviser?

— Je m'excuse, Jean-Guy, j'aurais dû le faire. Mais en même temps, je me disais que ça ne donnerait rien tant que nous n'en saurions pas davantage.

Mon ami hoche la tête, nous montrant qu'il comprend, mais il ne perd pas son air sévère, nous exprimant ainsi qu'il n'est pas d'accord avec notre façon de procéder.

— En savoir davantage, comme ce que vous venez de me dire concernant les ordonnances et les médicaments ? Que soupçonnez-vous, au juste ?

Ouf ! C'est ce que j'aime de Jean-Guy. Même si nous n'avons que douze ans, il nous prend au sérieux. Je suis contente de voir qu'il n'a pas changé depuis le jour de notre rencontre, alors qu'il était le seul à croire en mon innocence, quand j'ai été arrêtée à l'aéroport. Je commence à lui exposer notre théorie :

— Je crois qu'Arnaud a volé un bloc d'ordonnances et qu'il s'en sert pour en fabriquer des fausses. Je crois qu'il fait exprès de ne pas donner les bons médicaments à monsieur Gérard. D'où la différence entre les deux bouteilles et les comprimés qu'elles contiennent.

— Ce qui expliquerait peut-être certains comportements bizarres du vieil homme, comme sa fatigue persistante et sa frilosité extrême, poursuit Catherine.

— Ce que je ne comprends pas, c'est pourquoi il tromperait son oncle ainsi et, surtout, quel rapport il y a avec le fait que Twister se soit assis à côté de lui…, termine Vincent.

Jean-Guy se gratte la tête, signe qu'il réfléchit intensément.

— Pour ma part, j'ai peut-être une hypothèse là-dessus. Montrez-moi le bloc d'ordonnances, les enfants.

En le feuilletant, Jean-Guy sort des comprimés des deux petites bouteilles de pilules et les compare.

— Vous avez raison, les comprimés sont bel et bien différents… Attendez un peu! s'exclame-t-il soudain en mettant une main dans ses poches.

Il en sort une petite boîte, semblable à un paquet de bonbons qu'on peut acheter dans les dépanneurs. Il l'ouvre et en sort deux autres comprimés, aussi petits que ceux contenus dans l'ancienne bouteille de monsieur Gérard. Ils sont identiques!

Catherine, Vincent et moi poussons un cri de surprise.

— Jean-Guy! Tu as les mêmes médicaments!

— Non, Joséphine, il ne s'agit pas de médicaments. Ce sont de petites pastilles de succédané de sucre. Je m'en sers tous les matins pour sucrer mon café.

— Du succédané? Mais alors... commence Catherine.

— Un instant, les enfants! l'interrompt Jean-Guy. Laissez-moi faire un appel, d'accord?

Tout en parlant, Jean-Guy se dirige prestement vers l'appareil qui est fixé au mur de ma chambre – cadeau de mes parents pour mes douze ans – et compose un numéro.

— J'ai un ami qui est pharmacologue, nous informe-t-il pendant qu'il attend une réponse à l'autre bout du fil. Je crois qu'il pourrait nous aider... Allô? Pierre? Ici Jean-Guy. Écoute, j'ai besoin de renseignements, mon vieux...

Pendant que Jean-Guy discute au téléphone, mes amis et moi chuchotons entre nous.

— Un pharmacologue, c'est quelqu'un qui se spécialise dans l'étude des médicaments, non? demande Vincent.

— C'est ça, dis-je. Nous en avons déjà vu dans les émissions de résolution de crimes que nous regardons, Catherine et moi. Tu te souviens, Catherine?

— Oui, ils sont souvent appelés à titre d'experts dans des investigations concernant des histoires sordides de meurtres impliquant des médicaments.

Je sens un frisson qui me traverse toute la colonne vertébrale. Je revois les images de mon cauchemar : la marmite, la fumée verdâtre… Je secoue la tête pour les chasser de mon esprit. À cet instant, Jean-Guy raccroche, ce qui me ramène à la réalité.

— Alors, cet appel ?

— Nous n'avons pas le temps de discuter, Joséphine, m'indique mon ami maître-chien. Je crois qu'une visite au domicile de monsieur Gérard s'impose. Allons, venez ! nous crie-t-il en dévalant l'escalier.

Nous le suivons en vitesse. Jean-Guy siffle Cannelle, qui était pelotonnée contre Twister. Elle se lève et vient rejoindre son maître sans se faire prier. Twister se lance à son tour à ma suite.

— J'emmène Twister, Jean-Guy !

— Bien sûr ! Après tout, c'est son flair qui nous a mis la puce à l'oreille.

— Où sont mes parents ? ai-je demandé à Jean-Guy, ne voyant ni ma mère ni mon père.

— Oh! Ils voulaient vous faire une surprise, étant donné que vous travaillez aussi fort ces temps-ci. Ils sont partis vous louer des films au club vidéo, et je crois qu'ils ont mentionné de la crème glacée. Je leur ai dit que je restais avec vous pour discuter de la journée parents-enfants.

— Devrais-je leur écrire un mot?

— Ne t'inquiète pas, Joséphine, je vais leur téléphoner de mon cellulaire pour leur laisser un message comme quoi nous allons faire une promenade. Ils ne s'inquiéteront pas... et pourront garder vos glaces au congélateur! Allez, Vincent, indique-moi la voie à suivre maintenant.

Vincent prend place à côté de Jean-Guy, tandis que Catherine et moi, nous nous glissons sur le siège arrière de la camionnette. Les deux chiens s'installent sagement dans la cage de Cannelle, dans la boîte arrière du véhicule. En chemin, je ne peux pas m'empêcher d'être très nerveuse.

Pourvu que monsieur Gérard veuille bien nous écouter. Parce que s'il ne le fait pas, j'ai l'impression que sa vie pourrait être menacée...

9

Hors de contrôle

Nous arrivons enfin à la maison de monsieur Gérard. Je me dis que mes amis et moi avons fait de l'excellent travail, car le terrain est impeccable. Toutes les mauvaises herbes ont disparu... sauf une : Arnaud ! J'espère que nous pourrons venir à bout de celle-là aussi !

— Ta mère n'est pas à la maison, Vincent ? dis-je à mon ami en constatant qu'il n'y a pas de voiture dans son entrée de garage.

— Non, elle est partie avec Thomas acheter d'autres matériaux pour construire la cabane.

Bizarre comme la vie suit son cours, même quand un drame est peut-être en train de se dérouler... Jean-Guy ferme son cellulaire après avoir laissé un message à mes parents. Il le remet dans le coffre à gants et stationne la camionnette derrière la voiture d'Arnaud. Nous sortons rapidement, anxieux de parler à monsieur Gérard et de le convaincre de se méfier de son neveu si « serviable ». Pour une fois, les chiens trottinent sans s'empêtrer dans leurs laisses, comme s'ils sentaient l'urgence de la situation. Nous grimpons les quelques marches du perron et nous nous préparons à sonner à la porte, quand nous entendons des hurlements qui proviennent de l'intérieur.

— Où est-elle, mon oncle ? Dis-moi où est cette foutue tablette ! Je sais que c'est toi qui me l'as prise !

— C'est la voix d'Arnaud, chuchote Vincent à Jean-Guy.

Comme pour confirmer ce que mon camarade vient de dire, on entend la faible protestation de monsieur Gérard.

— Arnaud, je ne sais pas de quoi tu parles! Et arrête de hurler comme ça, tu vas ameuter tous les gens du quartier. Que vont-ils penser?

— Depuis quand te préoccupes-tu des gens de ton quartier? Pour ton information, ils te détestent sans doute autant que moi! Tu peux en remercier ton sale caractère! De toute façon, je me fiche éperdument de ce que tes voisins vont dire, vieux fou! Je te répète que je n'ai pas de temps à perdre, j'ai besoin de la tablette!

En entendant Arnaud parler de cette façon à son oncle, je ressens une immense colère. Peu importe à quel point je n'apprécie pas monsieur Gérard, et peu importe qu'il soit grincheux: il ne mérite pas qu'Arnaud s'adresse à lui aussi cruellement. Personne ne mérite ça! Cependant, je ne peux pas intervenir pour l'instant.

— Mais de quelle tablette parles-tu, à la fin? s'énerve monsieur Gérard.

— La tablette d'ordonnances, pardieu! Et arrête de faire comme si tu ne comprenais pas!

Nous écoutons le déroulement de la conversation, incertains de ce que nous devons faire. Jean-Guy met un doigt sur sa bouche. Il nous indique ensuite de reculer. Obéissants, Catherine, Vincent, Twister et moi descendons au bas du perron sans prononcer une seule parole. Près de moi, Twister s'agite, et je dois serrer sa laisse pour ne pas qu'il m'échappe.

— Mais je n'ai pas de tablette d'ordonnances, Arnaud! La seule ordonnance que j'avais encore, je l'ai remise à…

— … à qui? vocifère Arnaud. À qui l'as-tu donnée? Réponds, espèce de vieux croûton!

— Arnaud, non! Je t'en prie, arrête! Non!

Jean-Guy décide qu'il en a assez entendu. Il appuie fermement sur la sonnette à plusieurs reprises. À l'intérieur, un silence encore plus inquiétant que les hurlements s'abat sur toute la maison.

— Retournez dans la camionnette, les enfants!

— Mais…

— Faites ce que je vous dis! nous ordonne mon ami sur un ton qui n'admet aucune réplique.

Les jambes molles, mes copains et moi obtempérons et nous dirigeons vers le véhicule. Catherine ouvre la portière avant et se glisse sur le siège du passager, pendant que Vincent et moi demeurons à l'extérieur. Twister continue de s'agiter près de moi en poussant des grognements sourds. Soudain, la porte d'entrée de la maison de monsieur Gérard s'entrouvre, et Arnaud apparaît dans l'embrasure. Il est calme et souriant, et seules la rougeur de son visage et sa respiration saccadée trahissent son véritable état d'esprit.

— Je peux vous aider, monsieur? s'enquiert-il auprès de Jean-Guy.

Sans se préoccuper d'Arnaud, Jean-Guy articule d'une voix forte:

— Monsieur Gérard, m'entendez-vous? Vous allez bien?

Pas de réponse! Devant lui, Arnaud se met à trépigner nerveusement.

— Il va très bien, ne vous inquiétez pas. J'imagine que vous avez entendu notre dispute. Quel embarras! Veuillez nous excuser, nous allons essayer de parler moins fort.

Jean-Guy ne se laisse pas décontenancer par la fausse politesse du neveu de monsieur Gérard. Il le fixe droit dans les yeux.

— Monsieur, je désire parler à votre oncle et vous allez me laisser passer !

— Il n'en est pas question ! Et d'abord, qui êtes-vous ? se fâche Arnaud. Je n'ai aucun ordre à recevoir de vous. Vous n'avez aucun droit ici, alors foutez-moi le camp !

Il ouvre toute grande la porte d'entrée et fait quelques pas en direction de Jean-Guy et de Cannelle, cherchant à les intimider. Mais Cannelle, loin d'être impressionnée, se redresse brusquement et lève son museau. Très rapidement, elle s'approche et renifle les poches du jeune homme. Ensuite, elle s'assoit et observe son maître. Jean-Guy, tout comme Catherine, Vincent et moi d'ailleurs, comprend vite qu'elle lui signifie qu'Arnaud transporte sur lui quelque chose de suspect.

— Monsieur, je ne le répéterai plus, j'exige de voir votre oncle immédiatement !

Avant que Jean-Guy ne puisse esquisser un seul mouvement, Arnaud pousse un cri de rage et se rue sur lui. Sous le coup de la surprise, Jean-Guy tombe à la renverse, et les deux hommes échouent au bas des marches du perron. Cannelle est entraînée dans leur chute. Tous les trois roulent sur le gazon, dans une lutte acharnée. Arnaud semble avoir perdu toute maîtrise de lui-même : il crache, il hurle, il tremble, il griffe, et il tente désespérément de frapper Jean-Guy. Mon ami réussit tant bien que mal à esquiver les attaques. Mais il ne parvient pas à se relever, trop occupé à essayer de maîtriser son agresseur.

Terrorisée, je hurle :

— Jean-Guy !

Je veux courir pour lui venir en aide, mais Vincent me pousse plutôt vers la camionnette.

— Ne t'en mêle pas, Joséphine ! Tu pourrais être blessée. Couchez-vous sur les sièges ! nous ordonne-t-il, à Catherine et à moi.

Mon chien, voyant le combat qui se déroule devant nous, se met à aboyer frénétiquement. Sachant qu'il pourrait aider Jean-Guy et Cannelle, je lâche sa laisse.

— Vas-y, Twister !

Mon labrador se met à courir vers la mêlée. La vue de ce chien qui se dirige vers lui à toute vitesse, la gueule ouverte, suffit pour qu'Arnaud se relève et tente de se sauver. Mais Twister est beaucoup plus rapide et lui saute aux jambes, lui faisant perdre l'équilibre. Libérée, Cannelle en profite à son tour et mord Arnaud à une hanche, arrachant un morceau de son pantalon. Elle secoue vigoureusement la tête. Deux sachets, l'un contenant de la poudre blanche, et l'autre, ce qui ressemble à un mélange d'herbes brunes, tombent aux pieds de Jean-Guy. Mon ami ne perd pas de temps à les ramasser tout de suite. Il fonce sur Arnaud, occupé à se débattre pour se défaire des crocs de Cannelle et de Twister. Il lui attrape les deux bras, qu'il maintient de force derrière son dos. Il réussit enfin à immobiliser le forcené, qui se met à pleurer comme un bébé.

— Arrêtez! Vous me faites mal! sanglote le jeune homme, qui semble maintenant complètement désemparé. Vous n'avez pas le droit de me toucher! se plaint-il d'une voix ressemblant à celle d'un enfant de trois ans.

Jean-Guy maintient sa prise, nullement attendri par ce pathétique plaidoyer.

— Joséphine! s'écrie-t-il. Tout va bien?

— Oui, Jean-Guy, et toi? Ton visage saigne! lui dis-je en voyant des marques d'éraflure sur ses joues.

— Ce n'est rien, me rassure-t-il. Appelez quand même le 911, nous avons besoin d'assistance!

— C'est fait! l'informe Catherine.

Je regarde mon amie, épatée. Elle a eu assez de sang-froid pour se servir du cellulaire de Jean-Guy et appeler des secours! Je ne peux que l'admirer, mais cela ne dure pas longtemps, parce que je pense brusquement au vieux monsieur Gérard. J'entre en criant dans la maison:

— Vincent! Ton voisin!

J'appelle le vieil homme, sans obtenir de réponse. Derrière moi, Vincent et Catherine entrent à leur tour, suivis de Twister, qui renifle un peu partout. Je suis très inquiète!

— Où peut-il bien être? questionne Catherine en inspectant le salon.

Vincent passe devant la salle de bain et ouvre la porte.

— Aucune trace de lui, déplore-t-il.

À ce moment, Twister, qui s'était rendu à la cuisine, recommence à japper. Mes amis et moi courons vers lui. Je retrouve mon labrador, debout, derrière le comptoir. Monsieur Gérard est étendu par terre à ses pieds... euh... à ses pattes.

Le pauvre est inanimé...

10

Le vrai sorcier
est démasqué

— **O**h non! s'écrie Catherine. Nous sommes arrivés trop tard! se lamente-t-elle en voyant le visage gonflé et les lèvres bleutées de monsieur Gérard.

— Peut-être pas! lui dis-je en m'age-nouillant près du vieil homme et en collant ma tête sur sa poitrine. Ouf! ça va, son cœur bat... faiblement, mais il bat. Et sa respiration est assez régulière. Par contre, il est frigorifié. Vincent! Vite, trouve une couverture!

Mon copain parcourt la pièce du regard et aperçoit une couverture à motifs écossais posée sur une chaise, sûrement celle qui a tenu le vieil homme au chaud ces derniers temps. Vincent la prend et me la tend. Doucement, je la dépose sur le corps inerte de son voisin. Comme s'il comprenait où je veux en venir, Twister se couche tout près de lui pour lui transmettre un peu de sa chaleur. Décidément, mon chien m'étonnera toujours... Pas le temps de m'attendrir, pourtant: monsieur Gérard semble bien mal en point. *Oh! Faites que je me souvienne de mes cours de secourisme!*

Je me mets à claquer des mains et des doigts près de ses oreilles dans l'espoir de le faire réagir, mais en vain.

— Monsieur Gérard! Monsieur Gérard! M'entendez-vous? N'ayez pas peur! Je vais vous aider!

Des éclats de voix derrière nous mettent un frein à mes tentatives.

— Où êtes-vous, les enfants ?

— Nous sommes ici, Jean-Guy ! Monsieur Gérard a besoin d'aller à l'hôpital.

— Ne vous inquiétez pas, une ambulance vient d'arriver. Je leur fais signe, nous rassure-t-il en ressortant quelques secondes, tandis que Cannelle vient se joindre à mon labrador.

— Où est Arnaud ? s'informe Catherine au retour de Jean-Guy.

— Les policiers s'occupent de lui. Ils sont en train de l'interroger. Je leur ai brièvement expliqué la situation. Et ici, comment ça se passe ?

— Monsieur Gérard est inconscient et je n'arrive pas à le réveiller.

— Il faut l'aider, supplie Catherine.

Jean-Guy s'agenouille près de moi et poursuit les manœuvres de premiers soins, rapidement rejoint par les ambulanciers. Ceux-ci prennent la relève, tandis que mon ami maître-chien leur communique ses soupçons. Twister et Cannelle leur laissent le champ libre et viennent se frotter contre mes jambes.

— Je crois que monsieur Gérard souffre d'hypothyroïdie, prévient Jean-Guy. Il a une ordonnance pour du

Synthroid, mais il y a tout lieu de croire qu'il n'a pas pris ces médicaments depuis longtemps. Je ne peux pas entrer dans les détails, mais il semble bien que son neveu remplaçait les bons comprimés par des pastilles de succédané de sucre. Il faudra les faire analyser pour le confirmer, suggère-t-il en tendant l'ancienne ordonnance de monsieur Gérard au chef ambulancier.

— Vous êtes médecin ? demande celui-ci, étonné de constater l'étendue des connaissances de Jean-Guy.

— Non, je suis maître-chien. C'est un ami pharmacologue qui m'a donné quelques renseignements. Écoutez, je sais que vous ne pouvez pas vous fier entièrement à moi. De toute façon, les médecins de l'urgence voudront effectuer des tests, mais ces données pourront leur faire gagner de précieuses minutes pour soigner la victime.

— Vous pouvez vous fier à lui, intervient alors un policier, qui se joint à nous. Le dénommé Arnaud vient de tout déballer. Il prétend qu'il a besoin de la protection de la police. Il dit qu'il doit de l'argent à de nombreux revendeurs de drogue. Il est terrorisé à l'idée de subir des représailles de leur part s'il ne les rembourse pas. D'ailleurs, les petits sachets que votre chien détecteur... pardon... *vos* chiens détecteurs ont reniflé semblent contenir de l'héroïne et de la marijuana. Nous avons également trouvé sur le suspect une panoplie impressionnante de médicaments antidouleur, dont de la morphine. Chose certaine, ce jeune homme est hautement intoxiqué. En plus de notre protection, il a grandement besoin d'une cure de désintoxication. Il pourra la recevoir en prison, car il nous a aussi avoué qu'il utilisait l'argent que son oncle lui confiait pour s'acheter de plus en plus de drogue. Pour compléter le tableau, il avait volé une tablette d'ordonnances lors d'une visite médicale de routine, et il imitait la signature du médecin du pauvre homme pour obtenir des médicaments en son nom. Les comprimés que monsieur Gérard prenait étaient bel et bien des succédanés de sucre. Disons qu'avec tous ces renseignements, il nous sera assez facile de faire condamner cet Arnaud pour fraude, extorsion et négligence criminelle.

Les ambulanciers hochent la tête et terminent d'installer monsieur Gérard sur la civière. Ils nous remercient, Jean-Guy, Catherine, Vincent et moi, et adressent quelques mots au policier. Puis, ils quittent prestement la maison pour repartir en ambulance, lumières clignotantes et sirène activées.

— Je vous laisse avec les enfants, dit alors le policier à Jean-Guy. Nous communiquerons avec vous sous peu, car nous aurons certainement d'autres questions à vous poser.

— Je suis à votre disposition, lui assure Jean-Guy.

Une fois le calme revenu dans la maison de monsieur Gérard, mes amis et moi fermons portes et fenêtres et sortons lentement, épuisés par toutes ces émotions.

— Est-ce que monsieur Gérard va s'en sortir? demande Vincent, visiblement inquiet.

— Je ne sais pas, lui avoue Jean-Guy en s'assoyant près de nous sur le perron. L'hypothyroïdie est une maladie qui se soigne très bien avec les bons médicaments, mais non soignée, elle peut avoir des conséquences très graves.

L'enflure, le surplus de poids, la frilosité, le manque d'énergie, le sommeil excessif et les pertes de mémoire sont tous des signes qui montrent que monsieur Gérard ne recevait pas les traitements adéquats, et ce, depuis fort longtemps. Le pauvre pouvait même être sujet à des sautes d'humeur incontrôlables.

Je ressens un vif pincement au cœur en repensant à toutes les méchancetés que je me suis dites à propos du vieil homme. Moi qui avais peur qu'il soit un sorcier des temps modernes et qu'il nous empoisonne, mes camarades et moi... C'est plutôt lui qui a été la victime d'un charlatan. La concoction n'était peut-être pas verdâtre, mais elle s'est montrée tout aussi nocive, même sous forme de petits comprimés blancs inoffensifs !

— Je veux que vous sachiez une chose, les enfants, reprend Jean-Guy. Je suis très fier de vous ! Vous avez été très braves et vous avez fait preuve d'initiative et de beaucoup de jugement. Vincent, je te remercie d'avoir empêché Joséphine de venir se mêler de l'altercation entre Arnaud et moi. Elle aurait effectivement pu être blessée. Et de vous coucher sur les sièges de ma camionnette était la meilleure chose à faire, car après tout, Arnaud aurait très bien pu transporter une arme sur lui. Catherine, tu as appelé le 911 et tu as réussi à leur exposer la situation d'une manière calme et posée. Cela prend beaucoup de cran… le cran d'une future détective! Joséphine, je sais que tu adores Twister et, malgré tout, tu n'as pas hésité à l'envoyer nous défendre, Cannelle et moi, sachant que lui aussi risquait d'être blessé. Et enfin, tu t'es souvenue de ce que tu avais appris dans tes cours de secourisme. Tu as appliqué tes connaissances d'une façon vraiment exceptionnelle. Monsieur Gérard est un homme très chanceux de vous avoir de son côté! termine-t-il en nous frottant les cheveux, l'un après l'autre.

Vincent et Catherine rougissent en entendant ces compliments. Pour ma part, même si je ressens une certaine fierté, une question me trotte sans cesse dans la tête: tout ce que nous avons fait suffira-t-il à sauver monsieur Gérard?

Épilogue

Catherine, Vincent et moi sommes installés devant le téléviseur dans mon sous-sol. Ayant eu notre lot d'enquêtes pour un bon bout de temps, nous regardons des dessins animés. Columbo, Hercule Poirot et Miss Marple, mais surtout, mes amis et moi, avons tous grandement besoin de vacances. Bien sûr, avant ce répit, nous avons quand même accompagné Jean-Guy et Cannelle sur leur lieu de travail, comme nous l'avait promis mon ami maître-chien. Finalement, Jean-Guy a convaincu ses supérieurs de laisser Vincent venir avec nous pour la journée parents-enfants. Il faut dire qu'après le récit que Jean-Guy leur a fait de nos récentes aventures, ils ont considéré que Vincent, tout comme Catherine et moi, méritait bien une récompense. Et mon camarade a adoré l'expérience autant que moi, même si lui ne désire pas devenir maître-chien, mais plutôt ingénieur en aéronautique.

C'était très impressionnant de voir Cannelle se promener entre les différentes marchandises, attentive à toutes les consignes de Jean-Guy. J'avais beau l'avoir déjà vue à l'œuvre dans une démonstration avec Twister, l'observer dans son élément était beaucoup plus frappant. Je saisis encore mieux à quel point le travail des chiens détecteurs est important, surtout quand je la vois débusquer des substances illégales, comme ce fut le cas à quelques reprises aujourd'hui. Je soupçonne que certains capitaines de navire auront des explications à donner avant de pouvoir reprendre le large…

J'avoue que ça m'a fait du bien d'être témoin de ses exploits. Dernièrement, je commençais à remettre mon choix de carrière en question. Je me demandais si je pourrais endurer le stress lié au métier de maître-chien. Après tout, je n'ai pas tellement envie de me retrouver constamment face à des criminels. Mais j'ai réalisé que les bénéfices sont beaucoup plus importants que les désavantages. J'ai finalement répondu à ma question : le danger fait partie du métier, et même si on ne s'y habitue jamais tout à fait, on apprend à vivre avec et à l'affronter. C'est ce que Jean-Guy fait, en tout cas, et je compte bien suivre son exemple.

Il n'y a plus qu'une seule ombre au tableau : nous n'avons toujours pas de bonnes nouvelles concernant l'état de santé de monsieur Gérard. Il est dans le coma depuis quelques jours, déjà, et nous ne savons pas s'il se réveillera bientôt... ni même s'il se réveillera tout court. J'ai encore peine à croire qu'un être humain puisse profiter à ce point d'une personne âgée, au risque de lui enlever la vie.

La sonnerie du téléphone me tire de mes sombres pensées. J'entends ma mère qui va décrocher. Elle parle une minute ou deux, avant de raccrocher et de venir nous rejoindre en bas.

— Vincent! C'était ta mère, au téléphone, commence-t-elle. Elle voudrait que tu retournes à la maison. Elle a une surprise à te montrer. Elle a aussi demandé que Joséphine et Catherine t'accompagnent. Je me suis permis de lui dire que vous partiez sur-le-champ, termine maman en remontant à la cuisine.

— Oh! Elle doit avoir fini de construire la cabane de Thomas. Elle veut sûrement que nous allions l'essayer avec eux! s'exclame Vincent, amusé, tandis qu'il grimpe l'escalier. Et Thomas a dû insister pour que vous veniez aussi. Je crois qu'il vous aime bien, mon petit frère. Je dois dire que je comprends pourquoi, remarque-t-il en me regardant droit dans les yeux.

Du calme, les battements de mon cœur, du calme! Tout en imaginant que l'avenir me réserve peut-être d'autres surprises avec Vincent mis à part la

cabane de son petit frère, je siffle Twister.
Mon chien arrive en courant. Je lui mets
sa laisse et nous partons tous ensemble
en direction de la maison de Vincent.
Parvenus à destination, nous marchons
vers la cour arrière, nous attendant à voir
Thomas surgir pour nous annoncer que
sa cabane est enfin terminée. C'est plutôt
une voix bourrue qui nous accueille :

— Vous en avez mis, du temps ! Je
ne vous paie pas à rien faire, à ce que je
sache !

Étonnés, nous voyons apparaître
monsieur Gérard dans l'embrasure de
la porte d'entrée de sa maison.

— Monsieur Gérard ! s'écrie Vincent.
Vous êtes… vous êtes…

— Bien vivant, jeune homme ! coupe
monsieur Gérard, un sourire aux lèvres.
Et selon ce que j'ai appris, c'est en grande
partie grâce à vous trois !

Vite ! Me pincer ! Je dois être en train
de rêver. Non seulement monsieur
Gérard n'est plus dans le coma ni à
l'hôpital, mais il vient de sourire. Un
véritable sourire ! Ses traits sont beaucoup moins tirés, son visage est désenflé,
il a perdu un peu de poids, et il est vêtu

pour la saison, avec un pantalon de toile légère et un chandail à manches courtes. À côté de moi, Catherine reste figée, la bouche ouverte.

— Mon Dieu, vous avez l'air secoués, les jeunes ! J'aurais peut-être dû vous prévenir de mon retour. Mais je tenais tant à vous faire la surprise ! Après tout, je vous dois une fière chandelle, les enfants, et je voulais vous montrer mon appréciation, poursuit-il, nous laissant sans voix. Et à ce qu'il paraît, je dois aussi beaucoup à ce... ce chien errant !

En disant cela, il s'approche lentement de Twister et lui caresse gentiment la tête. Mon labrador se laisse faire, moins surpris que nous par cette petite marque d'affection. Qui sait ? Peut-être son museau lui permet-il de sentir plus de choses que l'on pense...

— D'accord, horrible *cabot,* je veux bien que tu restes ici le temps que ta maîtresse termine son travail de paysagement. Mais gare à toi si je te surprends à laisser un cadeau puant sur mes plates-bandes, d'accord ? Quant à vous trois, allez, au travail ! Je ne vous paie pas à rester plantés là ! On jurerait que vous avez vu un extraterrestre !

Catherine, Vincent et moi éclatons de rire.

Un extraterrestre… Sacré monsieur Gérard! Il n'aurait pas pu mieux dire!

Table des matières

Sylviane Thibault

Sylviane n'a pas du tout envie de voir les aventures de Twister se terminer. Au contraire, elle aime inventer pour lui, sa sympathique maîtresse Joséphine et leurs amis, de nouvelles péripéties. Avec cette série de romans, l'auteure a l'impression d'entretenir une précieuse amitié, autant avec ses personnages qu'avec ses lecteurs, qui le lui rendent bien. C'est pourquoi, entre de nombreux autres projets, Twister continuera d'occuper une place privilégiée. Alors, encore une fois, Sylviane vous dit : «À très bientôt !»

* * *

J'ai adoré écrire cette histoire et c'est pour moi un grand bonheur que de la partager avec vous. Si vous avez aimé la lire et que vous avez envie de partager à votre tour vos petits bonheurs avec moi, n'hésitez pas à m'envoyer un courriel à l'adresse suivante :

lecteurs@sylvianethibault.com

Vous pouvez aussi visiter mon site Internet, au :

www.sylvianethibault.com.

Derniers titres parus dans la
Collection Papillon